OBSESSION BLANCHE

Valérie Valère est née le 1er novembre 1961 à Paris. A treize ans, elle fit un séjour de quatre mois dans un hôpital psychiatrique pour anorexie mentale. A sa sortie, elle retourne au lycée tout en suivant les cours de funambule de l'école du cirque d'Annie Fratellini. Elle tourne une dramatique à la télévision et joue un petit rôle dans une pièce de théâtre avec Jeanne Moreau. A quinze ans, elle décide d'écrire un document autobiographique qui raconte son enfance et son séjour à l'hôpital : Le Pavillon des enfants fous, *publié en 1978. Après son bac, Valérie Valère fait des études de lettres à la Sorbonne et écrit deux romans,* Malika ou un jour comme les autres *et* Obsession blanche *(1979 et 1981).*
Valérie Valère est décédée à l'âge de 21 ans.

Obsession blanche, quotidien en blanc de l'écrivain, fantasmes et désespoir d'être...
Errance d'une page blanche à une autre page blanche, errance d'un corps à un autre corps...
Quêtes incessantes de rencontres qui laisseront Gene face à sa solitude intérieure dont la seule issue sera une clinique psychiatrique, abri illusoire où il retrouvera son talent dans un jeu symbolique de personnages imaginaires, de naissances et de morts tout aussi symboliques...

Paru dans Le Livre de Poche :

LE PAVILLON DES ENFANTS FOUS.
MALIKA, OU UN JOUR COMME TOUS LES AUTRES.

VALÉRIE VALÈRE

Obsession blanche

STOCK

Je dédie ce livre à un écrivain que je connais bien...

1

Désormais inutile, sa main s'étire en gémissant sur la feuille envahie de caractères, ses doigts se plient, se déplient et s'immobilisent, silencieux et dociles. Son regard revient sur les lignes noires où les mots s'alignent ainsi qu'une richesse inestimable et d'un sourire apaisé semblent lui répondre. Amoureusement, il plie ses feuilles, les range dans son sac, laisse trois francs sur la table du café et fièrement se dirige vers la porte avec l'air assuré de ceux qui au-delà de leur désarroi dessinent la certitude de leur différence.

Un vent froid, agressif, le glace d'angoisse. Anonyme passant égaré en recherches d'absolu, il remonte le col de sa veste sur sa nuque et d'un pas vif s'engage dans la rue Delambre enveloppée du brouillard trouble de son espoir. Des visions confuses défilent le long du trottoir, écran imaginaire où les répliques s'ébauchent mais ne se fixent pas. Il court vers son refuge, pressé par la caresse fugitive, troublant reflet de l'écrivain de son passé qui lui parle de ses souvenirs comme d'une promesse de talent. Il court vite, de plus en plus vite, deux cents mètres encore et il atteindra son but, il construira le monde d'où toute réalité disparaît pour laisser place à un théâtre dont il sera le maître et où ceux qui pour mourir ou renaître ne se fient qu'à eux-mêmes.

Rue Vavin. Il reprend son souffle en voyant la grande porte de bois, familière et sévère. Sa future victoire se profile sur le vide de son avenir. Les marches de l'escalier craquent sous ses pas et emplissent son esprit d'un refrain irrégulier, refrain sans paroles, refrain qu'il méprise. Déjà, la distance entre lui et l'écrivain s'amincit, image qui le grise d'une sensation de joie et l'enivre d'une énergie nouvelle... Quatre marches, une clé à tourner et il sera seul sur l'espace infini d'un monde à créer avec une main d'ivoire et un stylo en or.

Plein de défi, il pousse la porte. Ses épaules se redressent comme pour provoquer mais qui donc est là pour le voir? Depuis longtemps déjà, il sait que les mots n'ont pas de regard... Aussitôt, l'acteur des apparences s'enfuit, il se précipite vers la table, sort ses feuilles de son sac, cherche fébrilement son stylo, ne le trouve pas, en choisit un autre au hasard, vite, la phrase est là, elle va s'échapper... Il enlève le capuchon, sa main tremble d'impatience, la phrase est encore là, il l'écrit puis, satisfait, laisse son corps retomber en arrière contre le dossier de la chaise.

La fenêtre est restée entrouverte et le rideau se balance, ombrant son long corps délié, immobile et sa main fine posée à plat sur la surface noire de la table. Lentement, Gene relève la tête. Son regard erre sur cette chambre où tout dénote un souci constant d'ordre et de propreté; les rayures de la couverture indienne ne dépassent pas d'un centimètre les bords du lit, rien ne traîne sur la table ni sur le bureau, tout est lisse, net. Une sorte d'amertume s'élève en lui au souvenir de cette même chambre habitée par le Gene Carl d'un temps révolu et dont seules les pensées reflétaient cette image de perfection. Le Gene Carl isolé, détaché de tout ce qui n'appartenait pas à l'écriture du *Passage de l'enfer*, le

Gene Carl n'essuyant que les poussières de ses mots et ne donnant un éclat qu'à la seule mélodie de ses mots. L'intensité et les personnages peu à peu prenaient forme, aujourd'hui seuls les livres sont rangés par ordre de grandeur, mêlant la réalité à l'imaginaire, Jaspers à côté de Poe, et le passé au présent, Rimbaud à côté de Mauriac, désirant créer une atmosphère et non raconter une histoire, préférant aujourd'hui admirer des rangées linéaires, droites, tellement rassurantes... Aucun dictionnaire parmi ces livres car les mots n'ont pas de sens ni d'orthographe catégoriques, aucun manuel car rien ne s'apprend et rien ne se définit, aucun journal car le monde extérieur n'est que mensonges et apparences...

Gene tend le bras pour saisir son paquet de cigarettes mais sa main se heurte au mur rigide de la machine à écrire.

Elle trône, imposante et fière, seul relief d'une plaque de bois sur tréteaux. Clavier diabolique où tout s'inscrit irrémédiablement et où même l'espoir semble mourir à force de certitude. Elle ne parle qu'avec ce bruit sec de la touche frappant le papier, ce bruit qui brise le refrain de sa pensée d'une note répétitive et obsédante, un bruit sans nom et sans image. Elle déroule le fil tissant son être avec une minutie mécanique, gravant sur la feuille ces lignes qu'elle lui dérobe en le vidant peu à peu de toute richesse intérieure... Multitude de caractères, identité des formes, barreaux de sa prison...

Le stylo, lui, n'impose rien. Il revient en arrière, raye, barre, modifie, embellit. Il n'a pas cette assurance prétentieuse, il vous laisse le choix. Les pages dactylographiées sont trop rigides, trop définitives, il n'a pas le souvenir de les avoir créées, et ces phrases, il ne s'y reconnaît pas. Y écrire quelque chose lui donne l'impression de déformer une autre pensée que la sienne, de défigurer le visage d'un personnage peut-être parfait, de plagier.

Devant le clavier, il doit trouver le mot juste. Les touches égrènent le temps et moquent ses hésitations, alors il en prend un au hasard, frustré et humilié d'être contraint de limiter sa pensée à un seul terme alors que son univers lui paraît sans barrières.

Satisfait de sa lucidité, Gene se redresse et sa main délaisse le stylo pour chercher une cigarette. Ses yeux dévient vers la fenêtre, s'attardent un instant sur l'électrophone et la radio qu'il écoute parfois dans l'espoir de percevoir à travers la musique les paroles d'un poème dédié à l'écrivain dont le regard s'est absenté... La cendre de sa cigarette tombe sur la manche de son pull, il la balaie d'un geste, elle s'éparpille sur la surface noire de la table. Irrité, il éteint sa Gitane et se lève pour arpenter la pièce et décrire des cercles, cercles autour du bureau et cercles autour de son lit puis il entre dans la cuisine et sa propreté monacale le détourne de son univers où le film vieilli se tourne et se retourne pour revenir à son passé en noir et blanc... Un chat miaule... « il me demande une histoire », pense Gene avant de retourner s'asseoir pour attendre, attendre que le Gene Carl jaillisse de sa plume. La fumée de sa cigarette dessine devant ses yeux des formes étranges à travers lesquelles il tente de comprendre. Il vivait dans cette même chambre avec un même stylo et une même feuille envahie d'encre bleue. Tout comme maintenant, il regardait la fenêtre, le mur puis la surface noire de la table et enfin l'espace agressif de la page. Il écrivait. Des rêves, seulement des rêves qui, une fois figés, ne lui semblaient qu'images décousues, bribes de souvenirs, visions éparpillées qui permettaient à sa main de courir toujours plus vite mais ne représentaient qu'une histoire confuse, exaspérante de lenteur.

Peut-être, pense Gene, mais il écrivait! Sa main tourne avec hésitation autour de la tasse de café, effleure les formes du stylo puis revient caresser la surface blanche d'un présent en quête de souvenirs. Ses yeux se posent en haut de la page et consciencieusement, il commence à la relire. Le stylo raye, barre, remplace, transforme. L'écriture change, trois lignes et elle n'est déjà plus la même... Il continue à suivre les gestes et les pensées du personnage mais un doute lancinant martèle ses tempes, la phrase s'interrompt, le mot se dérobe...

« Tu ne peux pas te concentrer deux minutes, non?! C'est insupportable à la fin! » Furieux, il se lève et se met à tourner dans la pièce. « Si tu étais carrément incapable, tu pourrais te permettre de laisser échapper les mots... Si tu n'avais déjà publié un livre, tu pourrais penser t'être tout simplement trompé... Mais non! Cent cinquante mille exemplaires, ce n'est pas pour quelqu'un qui s'est trompé! Un prix, trente radios, cinquante articles de journaux et tu prétends ne pas savoir écrire! »

Calmé, il revient s'asseoir devant sa table. D'un geste sûr et décidé, il reprend le stylo. Un vertige soudain... Certainement parce qu'il n'a pas dormi cette nuit... Sa tête se balance, ses paupières tombent. « Non! Tu ne vas pas tout abandonner maintenant ! Encore un effort et tu auras fini ton deuxième livre... Tu entends, juste un effort... » Le silence s'allonge comme pour recouvrir sa vie d'une couleur sans brillance... « Après tout, c'est normal d'avoir des difficultés! » Ses yeux se ferment et des images rassurantes se pressent dans son esprit engourdi, celles du passé d'un écrivain perdu...

Stimulé par un sourire, une parole, un geste, son stylo comblait le vide et peut-être l'ennui, ses pensées se livraient sans pudeur, lignes innombrables qu'il n'avait pas vraiment conscience d'avoir écrites, comme jaillies d'un être intérieur le guidant vers cet univers d'absolu dont la seule condition d'entrée était le désir de perfection et le seul laissez-passer la promesse d'un amour vivant jusqu'à la mort.

Il se soûlait de fantasmes, de café et de cigarettes afin que les mots le grisent sans cesse d'une joie plus intense. Et l'ivresse l'emmenait loin dans son refuge hors de l'espace et hors du temps, elle l'emmenait loin de sa sinistre vérité.

Ils s'infiltraient en lui comme une drogue, l'étourdissant d'un plaisir inconnu et aveuglant son regard d'un flash plein d'espoir. Comme animé d'une vie propre leur fil se déroulait, quelquefois rompu par le souci d'une expression plus sophistiquée ou plus pertinente. Mais pourquoi s'imposer de telles contraintes alors que la voix qui guidait son poignet parlait mieux que lui-même, pourquoi douter de cette perfection et vouloir la remplacer par ses propres paroles ? Réfléchir aurait brisé cette complicité et détruit cet amour.

Il reniait tout. Le style des autres écrivains risquait de l'influencer, les images toutes faites d'un film le plongeraient dans un état de complaisance, le mouvement incessant des rues troublerait le regard attentif qu'il devait porter sur son univers intérieur, regard exclusif exigeant un esprit détaché de toute réalité.

Même son corps devait se plier, ses besoins et ses désirs restaient souvent insatisfaits, ne recevant en guise de réponse à leurs appels véhéments que paroles de mépris et de dédain. À force de vertiges et de crampes, la faim finissait par obtenir un vague signe d'acquiescement mais Gene ne renonçait pas facilement et jusqu'à la dernière limite, il l'oubliait en la gavant de cigarettes et de café. Il ne cédait qu'au moment où la douleur devenait si omniprésente qu'elle transperçait sa main d'aiguilles, la laissant paralysée et insensible à la caresse du papier. Exaspéré il se levait, maudissant ses membres engourdis et raides, écartant d'un geste agacé ses visions phosphorescentes. Fébrilement, il cherchait de l'argent dans les tiroirs encombrés de toutes sortes de papiers, stylos, paquets de cigarettes et boîtes d'allumettes, prenait un pull au hasard dans la pile de vêtements amassés pêle-mêle au pied du lit et, légèrement inquiet à l'idée d'abandonner son roman, pliait soigneusement la dernière feuille et la glissait dans la poche de son jean avant de sortir. Le restaurant chinois en face de chez lui servait à n'importe quelle heure et Gene y déjeunait rapidement puis revenait vers sa chambre, libéré de cette contrainte désormais oubliée.

Et la porte se refermait à nouveau sur lui, le laissant seul face à l'espace infini...

Le bruit imperturbable du réveil se traîne avec la peur derrière ses heures, frappant d'un coup sec l'espoir incertain qui croît et décroît au rythme des battements du temps. Un halo de lumière agressif éclaire la feuille blanche où sa main s'allonge, se couche puis s'endort, accablée de caresses et de silences. Le stylo étend son ombre fine et déliée comme pour séduire cette main infidèle mais seul le voile d'une fumée sans mystère semble lui répondre... Et de nouveau, la silhouette de Gene Carl dessine en transparence les arabesques d'un livre imaginé...

Avec le mot FIN écrit en énormes lettres rouges, il referma la chemise cartonnée, soudain désemparé par ce reflet si terne de lui-même, impitoyable verdict d'un procès sans faille. Pourtant, son livre n'était pas fini, le plus éprouvant restait à faire, se répétait-il. Il demeura immobile un long moment avant de glisser la première feuille sur le rouleau de la machine. Et le « Passage de l'enfer » commença.

Les touches se dérobaient sous ses doigts, les mots se déformaient, ne lui renvoyant que des images imparfaites, ses phrases entrecoupées et mutilées ne lui semblaient plus être que les lambeaux lamentables d'un costume mille fois lacéré... Même ses mains lui parurent laides, impuissantes et désespérées sur cette horrible machine. Fuyant cet affront, il se mit à penser qu'il aurait pu commencer un autre livre, s'acharnant à croire qu'il ne ferait qu'un simple travail de secrétaire. Mais « seuls les manuscrits dactylographiés sont acceptés », lui avait dit... Lui avait dit qui? Furieux, il se mit à frapper les touches, meurtrissant ses doigts et son espoir sur ce clavier sans rêves.

Vingt minutes plus tard et les feuilles déchirées, froissées s'éparpillaient au pied de sa table. Il allongea ses jambes, prit une cigarette et l'alluma d'un geste lent, empreint de résignation.

Jamais il n'y arriverait. Sans tenir compte du fait qu'il ne savait pas se servir de cet engin diabolique, il ne pourrait s'empêcher d'ajouter toutes sortes d'adjectifs, qualificatifs, prépositions et adverbes qui trahiraient son récit et le rendraient inauthentique. Une seule solution se présentait à lui; payer quelqu'un pour le faire. Mais cette idée le paralysait. Cette personne pouvait très bien lui voler son manuscrit et le faire éditer à son propre nom ou sous prétexte de ne pas arriver à déchiffrer son écriture, déformer volontairement ses phrases... Non. Il « devait » le faire.

Il chassa brusquement son découragement, ce travail lui permettait d'affirmer, de supprimer les passages trop longs, de corriger les fautes de français. Il n'avait besoin de personne, ce livre, ces phrases étaient à lui, entièrement à lui. Ils lui appartenaient.

Nerveusement, Gene écrase sa cigarette dans le cendrier. Il s'efforce de ne pas tourner la tête mais le regard de la machine pèse sur sa nuque comme pour l'accuser de son inutilité et de son impuissance... Un vague malaise s'élève en lui à l'idée que désormais plus rien ne lui appartient si ce n'est cette feuille sans richesse, cette feuille sans parole... Mais déjà, le temps revient en arrière et amoureusement l'enlace entre ses bras d'absence...

Avec résolution, il commença lentement à taper, d'abord avec deux doigts puis peu à peu il s'obligea à se servir des six autres, se jetant des insultes lorsqu'une lettre lui échappait, se maudissant aussitôt qu'un point se transformait en virgule. « Tu veux y arriver, oui ou non?! » se répétait-il avec un mélange de colère et de sadisme lorsque ses mains, découragées, menaçaient d'abandonner. Machinalement, il relisait chaque paragraphe avant et après l'avoir tapé, rayant au crayon les termes impropres et les adjectifs toujours trop nombreux, inversant les membres des phrases trop confuses. Il travaillait sans penser à rien d'autre, stimulé par cette nouvelle méthode qui exigeait de lui un autre raisonnement et une autre vision des choses. Son énergie et sa volonté semblaient inépuisables. Il ne perdait pas une seconde de ce temps si précieux et pourtant, ce temps passait sur lès mots et sur les phrases, recouvrant son récit d'un voile différent, le voile des choses qui n'appartiennent plus qu'au passé.

Elle l'observe. Il sait qu'elle l'observe. Ses mains s'agitent autour d'une forme imaginaire, une forme épaisse et plane, puis brusquement la vision disparaît, sa main retombe... Il n'a rien à graver, aucune touche à frapper, aucun son à murmurer... Non, il n'a que le souvenir...

À mesure que les pages dactylographiées s'entassaient, la désagréable sensation de n'en être pas l'auteur se faisait de plus en plus précise. Il découvrait sans cesse des situations nouvelles qu'il ne se rappelait pas avoir écrites, des mots inconnus dont les intonations le fascinaient, des images étrangères qu'il réinventait avec l'impression amère de les dérober à un autre. Ou bien il avait écrit dans un état second et donc éphémère ou bien l'auteur de ce livre était déjà mort en lui mais de toute façon, il ne possédait plus rien, plus rien qu'un manuscrit mécanisé. Bien sûr, il avait rêvé cette maison étrange aux rideaux de velours poussiéreux, aux pièces d'un temps révolu, et ces artistes, danseurs, dramaturges, comédiens et musiciens qui y vivaient comme dans un théâtre transposé, mais leur histoire l'entraînait dans un monde oublié, trop bien oublié dont l'essence et la logique lui échappaient. Tout s'inscrivait sous son regard avec une précision exaspérante; le visage des personnages, leur allure, leurs habitudes, et il s'identifiait à eux avec une intensité extrême alors que leur passé et leur avenir se dérobaient comme s'il avait été rejeté de leur vie intérieure.

Et elle ne cesse de l'observer avec ce sourire au coin des lèvres, cette amante délaissée qui l'accuse de son mutisme et lui lance les sarcasmes que sa jalousie lui inspire... De quoi, de qui est-elle jalouse? Du silence qui l'habite peut-être... Brusquement, Gene frappe son poing sur le clavier mais les touches se plient à sa colère comme pour faire taire toute réplique. Exaspéré, il lui jette sa housse grise au visage, « tu es aveugle désormais, aveugle pour avoir été trop cruelle! Et maintenant, c'est à moi de rire! »

Calmé, il mouille ses lèvres sèches, passe sa main dans ses cheveux et reprend la dernière phrase.

Les mots courent dans son esprit. Son histoire sans histoire, roman sans intrigue, autobiographie sans passé, lentement se forme et se précise pour se matérialiser en une pile de feuilles, silhouette longiligne, impersonnelle. Quelquefois il s'arrête, tire une bouffée de sa cigarette, se demande avec angoisse quel sera l'aboutissement de cette longue réflexion décousue et chimérique. « Le fait est que j'ai régressé. Logiquement, j'aurais dû commencer par cet essai médiocre et enchaîner sur un roman. L'évidence est que mon talent se dégrade. » Déprimé, il se met à tourner autour de la table, les mains croisées derrière le dos. Sans conviction, il prévoit d'abandonner son essai, de réfléchir au plan d'un second roman et de repartir sur de nouvelles bases. Une lueur éclaire ses yeux sombres, il commence à chercher, fouille avec avidité dans sa mémoire et son imagination mais rien ne le satisfait. Il s'énerve, se traite d'incapable, s'accuse de perdre son temps à rêver et revient toujours s'asseoir devant le blanc où la folie le guette.

Et Gene de décrire les images irréelles où ses pensées se raccrochent comme un naufragé au canot de sauvetage. Et lorsque ces images s'estompent, Gene de décrire en mémoire les souvenirs et les illusions d'un succès déjà lointain; les journalistes admiratifs et intimidés se pressent autour de lui, les photographes le mitraillent de flashes à la sortie de son immeuble, les lecteurs lui envoient des lettres passionnées, les éditorialistes lui demandent des nouvelles pour leur journal, les éditeurs qui avaient refusé de le publier lui proposent désormais des contrats fabuleux. Chaque jour, un télégramme (malgré ses « à-valoir » exceptionnels il n'a pas encore fait installer le téléphone, les P.T.T. ne comprennent rien à la sensibilité d'un artiste...) l'informe d'une émission de radio ou de télévision où sa présence est particulièrement désirée, d'une séance de dédicaces où il sera accueilli avec enthousiasme. Son visage s'illumine et sa main court fébrilement sur le papier, il se redresse soudainement, imagine les réponses qu'il fera aux prochaines questions des journalistes, croit déjà entendre des compliments à son adresse, remercie d'un air modeste... Les mots défilent sur la page, qu'écrit-il, il ne le sait pas mais quelle importance, il expliquera que son troisième livre est déjà commencé, que son temps est précieux et que...

Une ombre passe sur son visage... L'ombre s'élargit et précipite la pièce dans le vertige étourdissant d'un vide sur lequel sa main trace des mots à l'encre invisible.

Immobile et figé, il attend que la crise, le désespoir

et le temps s'enfuient. Son regard erre sur les vitres étincelantes de la fenêtre, il se lève et va s'adosser contre le mur pour observer les passants de la rue. Il prendrait le boulevard Montparnasse jusqu'à la rue de Rennes, entrerait dans ce café si paisible de la rue d'Assas, flânerait à Saint-Germain puis sur les quais de la Seine, dînerait dans ce restaurant de... Mais le blanc semble crier sur la surface noire de la table et il revient s'asseoir avec ce regret qui lui pince le cœur, ce regret qu'il enfouit au plus profond de lui-même et ne lui laisse qu'une impression pénible de déception et de ressentiment.

Capricieuse, sa main refuse de bouger. Une main trop belle qui n'a jamais caressé autre chose que le métal froid et rigide de différentes marques de stylos, Reynolds, Parkers ou Faber Castell, ça dépend, tout comme les mots leurs corps changent au fil de l'histoire. Les phalanges sont fines, les ongles soigneusement coupés, le poignet osseux mais bien proportionné. Indéniablement, cette main est parfaite. Distinguée, élégante. Pourtant, Gene n'éprouve aucune satisfaction, aucun orgueil, aucune joie à l'admirer... Un peu comme s'il regrettait d'enfermer cette beauté dans une cage de papier à l'abri des regards étrangers et des caresses déplacées.

Silence... Silence obsédant dont l'éclat jaillit dans l'ombre de la nuit comme une seconde accusation. Blanc, couleur morose qui ne dit que l'absence, qui ne dit que l'attente et ne parle que d'oubli. Mémoire infidèle dont les doigts tâtonnent sur l'horizon immense d'un univers désormais insaisissable sans jamais en retrouver le chemin...

En apparence, rien n'a changé, les objets ont le même visage froid et impersonnel, le mur la même teinte d'espoir et le papier la même matière d'incertitude. En apparence, Gene Carl est devant sa table en train d'écrire, dessinant les contours vagues et imprécis d'un mot qui se dérobe. Alors pourquoi tout est-il si différent?

Le point d'interrogation vacille devant son regard, se déforme et s'allonge pour devenir point d'exclamation, virgule puis guillemets ouverts sur un silence. Sa silhouette frêle s'épaissit, comblant le vide d'une couleur de désespoir plus terrible encore que celle de son imaginaire, la cendre de sa cigarette tombe sans bruit sur la feuille blanche de son avenir et la tache, grise, poussiéreuse s'inscrit sous son regard, réponse mutilée d'un dieu déchu à une foi qui s'égrène en parcelles anonymes...

2

Gene ne voit défiler que le rêve inlassable d'une main qui court sur le papier en laissant derrière son passage les caractères fins et appliqués de sa propre écriture. Une écriture lente d'enfant consciencieux. Point. Il relève la tête. La feuille est vide, le rêve mort.

Le stylo retombe avec un bruit sec sur la table. L'angoisse lui serre les tempes; il n'a écrit que la peur blanche du blanc sur le blanc, que la peur vide du vide sur le vide... Que fait-il de sa vie, de son espoir et de son désespoir, que fait-il de ces heures qui se traînent ou s'enfuient, de ces jours dont le sens est justement de n'avoir plus de sens, de cet espace dans lequel il s'emprisonne afin de chercher en vain un absolu dont il n'a pas le courage...

Il aurait voulu être fort de la certitude d'une vie nourrie de talent, indifférent aux réalités extérieures et attentif à ses propres chimères, détaché, n'attendant rien des autres... Mais, même s'il s'enferme dans la solitude et se refuse à vivre pour se donner l'illusion d'être riche, il n'est, en cet instant, que le reflet mille fois reflété d'un énième autre, passant sans visage, errant sans pensées, vagabond sans âme...

« Tu n'es rien ni personne, tu ne vis pas ou tu vis sur toi-même comme si toutes les richesses de l'existence étaient réunies en toi. Tu te nourris de ton orgueil dont tu n'as même pas conscience ou que tu excuses en prétextant la médiocrité des autres. Bien sûr, tu as trop peur de découvrir dans cette médiocrité une richesse supérieure à la tienne... »

Autant de paroles inutiles et son corps erre parmi la multitude des reflets, feuilles au sourire de défi, feuilles blanches et vides.

Et toujours ce silence. Ce silence qui ne porte plus la menace d'un passé qui s'enfuit mais une sorte de nostalgie, douce et résignée. Il regarde sa main, il regarde le mur et puis les traces de l'écrivain sur la vitre-miroir de ses pensées mais rien ne s'élève en lui, que la certitude de son désarroi.

Il ne sait même plus ce qu'il attend ou ne veut plus le savoir, quelle importance, il se lève, marche machinalement en fumant une cigarette dont il n'a pas envie, sa gorge est sèche, ses mains moites, « je ne sais plus, tu ne sais plus, il ne sait plus », conjuguer les verbes, le début d'un poème ou peut-être d'un chapitre, tourner les sons et retourner les mots, sait-on jamais, le talent est partout, qui a dit cela, quel auteur a affirmé une telle stupidité? Il devrait pourtant le trouver ou plutôt le retrouver, mais non, il n'y a rien alors il revient s'asseoir, je, tu, il, elle, écrit-il sur la page mais déjà le verbe s'est dérobé...

Un rai de lumière traverse les rideaux de toile écrue et balaie la pièce d'un regard fugitif. Un miaulement plaintif s'élève, un bruit sourd retentit. Lentement, Gene écrit ou fait semblant d'écrire, quelle différence. Il s'interrompt un instant pour prendre la dernière cigarette du paquet puis avec un sourire, effleure des doigts la surface lisse de la feuille avant de poursuivre sa phrase, ou peut-être son rêve...

Sa tristesse désormais n'est plus douloureuse. Elle l'envahit d'une sensation de plénitude qu'il croyait ne plus jamais pouvoir éprouver. Peut-être est-ce simplement parce qu'il ne tente plus de la vaincre qu'elle revêt cette douceur inhabituelle et cette tendresse amoureuse.

Sa main court sur le papier et pourtant, aucune joie ne monte en lui, un peu comme si à force d'attendre elle avait perdu jusqu'à l'espoir d'éclater. Un peu comme si le présent convoité pour avoir été trop souvent deviné, inventé, et offert en rêve était devenu dans la réalité une imitation imparfaite de l'imaginaire.

Il relève la tête mais l'image des mots reste gravée à son regard, bribes de ses souvenirs, morceaux éparpillés de sa vie maladroitement reconstruite... Peut-être devrait-il les retenir, les garder, les reprendre... Mais pourquoi? Il est seul, les regards étrangers sont loin et loin aussi ce dernier jour qui n'aura plus que le néant à taire. Le stylo court vers un monde encore inconnu où les chemins apparaissent et disparaissent pour jouer avec l'ombre de ces visages dont l'âme est un mystère.

La lumière agressive de la lampe éclaire le coin de la table où la feuille et sa main sont posées. France-Musique passe un quatuor à cordes de Brahms. Le violon pleure, l'alto gémit et le violoncelle rythme leurs plaintes d'une note répétitive qui descend d'un quart de ton à chaque retour. Il ne reste rien de ces heures passées à chercher en vain l'écrivain ou peut-être une simple trace de pas, une simple lettre perdue à mi-distance entre lui et l'autre, un simple fil d'acier tendu au-dessus du vide...

Pourtant, sa main ne s'arrête pas, les visions se mêlent et ses phrases lui apparaissent reflets transposés d'une peinture surréaliste. Il s'est trompé. Les images parlent mieux que les sons, elles viennent spontanément alors que les mots se dérobent. Mais... la toile blanche et les formes elles aussi s'échapperaient, cette toile blanche et tout disparaîtrait vers le même silence, le même néant.

Il cherche l'adjectif, s'énerve, inverse la phrase. Où

est cet adjectif? Que fait-il de son temps, de sa nuit et de cet adjectif? Il ne trouve pas, allume une cigarette, se lève. Revient s'asseoir, aspire nerveusement une bouffée. L'adjectif est parti. Il est seul dans le noir de ses mots.

Désemparé, il relit la première phrase puis la deuxième, la troisième, la quatrième et ainsi jusqu'à la dernière. Il ne comprend plus le sens, la démarche lui échappe, la suite est obscure. Désemparé, il relit la dernière phrase puis celle d'avant et celle d'avant encore jusqu'à la première. « Quelque chose manque... quelque chose ne va pas... » Il semble réfléchir, douter... « Et si j'inversais l'ordre? Je suis tout simplement arrivé à la fin et après la fin, il n'y a rien... Comment n'y ai-je pas pensé plus tôt?! Et puis c'est un peu plat. On a l'impression de lire trente fois la même chose. Il faut absolument que je fasse apparaître un personnage, je pourrais me permettre des longueurs mais des longueurs sans histoire, c'est carrément insupportable! »

Plein d'impatience et d'espoir, Gene sort une nouvelle feuille blanche. « Le plan. Un plan est essentiel à la composition d'un livre. Mais quel plan? Cherche un peu enfin, le reste est génial, il ne manque que la trame, les événements, et le personnage... le moins difficile en somme. » Sa main hésite puis retombe sur la table.

Non. C'est impossible. Il ne veut rien changer. Pas une virgule, pas un seul mot, pas une seule phrase. Qu'importe que personne ne comprenne, lui aime cette lenteur, cette négligence, cette longue répétition sans aboutissement, qu'importe, pour lui tout est parfait ainsi et d'un geste sûr il enlève la housse grise pour découvrir les touches désormais inquiètes de la machine, désormais prêtes à se soumettre à son exigence comme elles se sont soumises à sa colère. Avec cette même lenteur toute faite d'assurance, Gene glisse la première page pour y graver le premier chiffre, jouer de l'inertie passive de cette esclave dont les révoltes ne sont qu'insignifiantes velléités. Il laisse un instant son regard se satisfaire de ce chiffre, première conquête, première victoire et première promesse, puis son regard dévie sur l'écran vierge de son avenir où l'histoire sans histoire déjà s'inscrit, enrichie et parée... Un sursaut d'impatience le secoue brusquement, il se redresse et prépare ses mains mais le réveil et son tic-tac le rappellent à une réalité oubliée, il est deux heures du matin, il doit se reposer pour s'offrir demain aux mots, fier de cette confiance enfin retrouvée.

La fraîcheur de la nuit l'enveloppe de joie et c'est avec d'infinies précautions qu'il se glisse entre les draps blancs de son rêve nouveau.

Il fait jour. Sa main tâtonne pour arrêter la sonnerie du réveil. Lentement, il s'étire en regardant avec satisfaction le décor clair de sa chambre.

La feuille numérotée est restée sur le clavier de la machine et ses pensées de la nuit rejaillissent soudain en lui avec une intensité gardée intacte. Il se redresse, enfile son jean, refait méticuleusement son lit, ébloui par le flash phosphorescent de sa prochaine réussite. Ou tout simplement par les vertiges d'un corps qui jeûne trop souvent.

Avec des gestes appliqués, il prépare du café, sort un paquet de cigarettes de la cartouche rangée dans le placard, pose le cendrier sur la table, les Effacil près de la machine. Il mettra un pull noir aujourd'hui, le noir est la couleur qui fixe les mots. Le miroir lui renvoie l'image d'un corps maigre, d'un visage pâle au sourire complaisant et tendre.

Sept heures et Gene est assis devant la première page. Il effleure le clavier d'une caresse et lui murmure un mot affectueux d'encouragement comme pour s'excuser de sa future victoire. Longuement, il observe ses doigts fins et blancs avec la certitude que son attention les touchera et les convaincra de dominer la peur du clavier. Puis résolument, il frappe les touches pour graver le premier mot.

Le bruit résonne comme une musique enivrante. Il croyait que le mystère était beau, il pense désormais qu'il n'est que l'euphémisme du mensonge. Les phrases se suivent traînant derrière leurs sons le refrain grisant d'une illusion de vérité et Gene imagine un horizon clair qu'aucune ombre ne trouble sans savoir que cette ombre est la condition même de sa lumière.

Les doigts toujours plus habiles s'abattent sur les touches du clavier et sa chanson court le long de la feuille blanche. Le tic-tac du réveil n'atteint plus son cerveau, le chat qui miaulait s'est tu, satisfait de l'histoire, et l'angoisse, humiliée, disparaît devant cet amour reconquis.

Une semaine plus tard, la première partie était tapée et Gene se retrouva devant les pages vides de la seconde avec le trouble dans l'esprit et la peur dans les mains. Il aurait voulu laisser ses pensées vagabonder dans les rues oubliées de la ville; il aurait voulu que le film ennuyeux des mains frappant les touches et la musique lassante d'un clavier enfin vaincu s'arrêtent brusquement. Mais les projecteurs refusaient d'éclairer la salle et le metteur en scène, condescendant, lui offrait désormais des images différentes; celles du papier et du stylo. Peut-être devait-il s'accorder quelques jours de répit ou juste quelques heures de repos, peut-être pouvait-il se permettre une séance de cinéma, un dîner au restaurant, une longue promenade ou une cure de sommeil... « Tu veux y arriver, oui ou non? »

Il regarde fixement la cigarette qui se consume entre ses doigts. Un visage s'ébauche entre les fils clairs de la fumée et deux mots retentissent dans l'espace vide de son univers. « Directeur littéraire ». Ces intonations l'intimident et le remplissent tour à tour de respect et de fierté. Imperceptiblement, il sent son corps se détendre, son espoir revenir. Il voudrait atteindre cette image, la toucher, la prendre et l'enfermer en lui.

Le réveil tictaque régulièrement, scandant les syllabes de sa découverte; di-rec-teur li-tté-rai-re. Il imagine une immense aiguille d'or ou d'argent se balancer de droite à gauche et de gauche à droite lui apportant à chaque nouveau voyage une parcelle de ce rêve qui déjà se précise. Droite... gauche... Ses paupières tombent, sa main lâche le stylo et le bruit de l'acier heurtant le bois le fait brusquement sursauter. Furtivement, il se redresse et se hâte d'écrire une phrase, n'importe laquelle du moment qu'elle comble le vide et lui donne la certitude de parfaire ses illusions en fuite.

Son regard revient sur le réveil. Neuf heures. Où s'est enfui le rêve? La tasse de café est vide et d'un geste agacé il la repousse loin de lui comme si elle menaçait de gêner le déroulement de ses réflexions. Une phrase s'esquisse dans son esprit, il la dit à voix haute, la répète en la ponctuant différemment, réfléchit, doute. Finit par l'écrire puis la souligne soigneusement d'un trait de crayon pour se rappeler qu'elle n'est pas tellement bonne. Un soupir de satisfaction lui échappe tandis qu'il admire l'écriture régulière et appliquée, l'aspect propre et sévère de la page. Neuf heures dix. Quoi? Dix minutes pour une phrase! Ses muscles se crispent, ses mains se mettent à trembler et l'angoisse se profile sur le blanc du mur de son silence. Où est le rêve? Il s'est enfui emportant les mots et les espoirs, et sur l'espace, il ne reste rien... que ce rien... seul, désemparé, inutile.

Furieux, il se lève et marche de la fenêtre à la table, de la table au lit, du lit à la porte, de la porte à la colère et de la colère au désespoir. Ses pas se rapprochent, s'accélèrent, il court, court très vite derrière cette phrase qui s'échappe et l'obsède, étourdissante. « Quelle heure est-il ? Certainement la demie. » Non, seulement neuf heures douze et tremblant, il revient s'asseoir, ferme les yeux et cherche une bribe de souvenir, une image du passé ou peut-être... un visage...

Un mal de tête brouille ses pensées, lame de couteau affûtée qui déchire ses mots et les précipite dans l'oubli. Sa tête va éclater. À neuf heures trente exactement, le bruit de l'explosion retentira dans le silence, les débris de son crâne heurteront les murs et les traînées de sang s'étaleront sur les feuilles de son livre, plus fortes et plus justes, plus frappantes que ce cri étouffé.

Avec précaution, il pose son front entre ses bras. L'image est partie et il ne ressent plus qu'une reconnaissance intense pour avoir été épargné. Il tire une cigarette du paquet, l'allume avec une sorte de gourmandise tandis que son visage lentement se détend. Il a l'impression que son corps fond, ne s'arrête plus de fondre... La fumée s'étire et apaise les mouvements saccadés frappant ses tempes d'une caresse rapide, exacte qui se perd ensuite loin de sa douleur.

C'est dommage, pense Gene, mon crâne éclaté aurait créé sur le blanc du mur une œuvre abstraite... Ma mort aurait inquiété, provoqué des louanges; « dans un moment de génie et de folie, l'artiste a donné sa mort au seul amour de sa vie, le blanc de la toile ». Ma gloire aurait été posthume mais qu'importe, elle aurait été...

La braise de sa cigarette atteint ses doigts. Il ouvre les yeux et redresse son long corps avachi. Une sensation de calme et de plénitude le fait sourire. Peut-être que rêver sa gloire la remplace tout en lui donnant un charme encore plus fascinant que celui de la réalité... Non! Ce n'est pas vrai! Le rêve finit toujours par mourir et vous abandonner ! Lorsque la réalité meurt, elle vous laisse au moins les pierres de ses souvenirs pour reconstituer son histoire et éterniser sa vie. « Mais moi, je n'ai ni l'un ni l'autre », pense Gene avec une pointe d'amertume.

Le bruit régulier du tic-tac emprisonne son esprit. Il voudrait ne plus avoir à réfléchir, ne plus avoir à crier dans le silence de son angoisse, ne plus sentir la présence méfiante et farouche de ces feuilles qui toujours attendent quelque chose de plus grand. Il aimerait ne plus vivre ou vivre dans une sorte de néant qu'aucune voix ni aucun regard ne pourrait atteindre, vivre dans une mort prématurée qui lui livrerait le mystère de sa profondeur tout en le libérant de sa prison d'oubli. Mais il est seul. Seul devant le vide des feuilles, le vide de son estomac, le vide du paquet de cigarettes et le vide de sa vie.

D'un geste las, il attrape sa veste et sort un billet de cinquante francs du tiroir de la table. Puis, avec nervosité, il claque la porte derrière lui.

Le froid agresse et paralyse son corps. Il rentre le cou dans les épaules, serre les bras autour de ses côtes et presse le pas. Le boulevard Montparnasse est désert et désert aussi son univers où les mots trop précis ont perdu toute cohérence. Il jette des coups d'œil furtifs sur les boutiques et les affiches de cinéma mais ses yeux aussitôt s'en détournent pour se fixer sur le gris du trottoir. Lorsque son regard accroche au passage l'inscription « vient de paraître », la haine et la jalousie l'étouffent sous le poids d'une révolte impuissante.

Machinalement, il est entré dans un café, peut-être dans l'espoir d'y rencontrer l'écrivain du passé, l'écrivain qui aurait trouvé dans ces salles impersonnelles un lieu d'inspiration. Il a commandé un double express puis a rappelé le garçon pour lui demander des croissants. Au moment même où il prononça ce mot, il réalisa qu'il n'avait pas mangé depuis... depuis? trois, quatre, peut-être cinq jours, et que son estomac se nouait et se dénouait douloureusement. Et la silhouette courbée d'un mendiant en quête de paroles ou peut-être de tendresse passa rapidement sur la vitre transparente d'un futur au conditionnel...

« Tu es seul. Il n'y a personne pour t'entendre, personne pour t'offrir un regard... tu es seul... et tu n'as pas la franchise de reconnaître que cette solitude te pèse... » Son corps se recroqueville au fond du siège. Ses yeux errent d'un bout à l'autre de la salle, tendant implicitement la main vers une arme contre l'indifférence. Mais seul le néant l'entoure, cet ami au visage blanc et aux paroles vides des écrivains ratés.

Le garçon pose la tasse de café et le panier de croissants devant lui. Indécis, Gene les observe. « À quoi peuvent bien servir ces choses? » se demande-t-il soudain. Il prend un croissant, le retourne entre ses mains, scrute ce morceau de lune d'un air désabusé. « C'est sec, laid et gras, se dit-il. Ça me donne déjà mal au cœur. » D'un geste dégoûté, il le repose dans le panier. La crampe lui déchire l'estomac d'un spasme qui irradie jusque dans sa tête. Sa main hésite, tourne autour de la tasse, la faim le supplie, son esprit se révolte et les mots se transforment en maîtres chanteurs... La première bouchée l'étouffe. Son visage grimace et son cœur se retourne. « Le désespoir, l'angoisse ont exactement ce goût-là », se répète-t-il trois fois de suite avant de repousser le croissant loin de lui et de sombrer avec complaisance dans la nausée de son néant.

Ses pas résonnent sur le silence des rues plongées dans la demi-pénombre des matins d'hiver. Les yeux fixés sur ses chaussures usées, il avance comme au travers d'un brouillard, avec pour seule image la traînée de sa révolte étouffée.

Il ne pense plus. Il veut marcher jusqu'à en oublier le blanc, marcher jusqu'à s'abstraire de ses mots, marcher jusqu'à en être épuisé. Qu'importe s'il n'arrive nulle part et qu'importe si les rues ne lui parlent de rien... Depuis longtemps déjà, il ne sait plus comprendre, plus écouter, plus aimer... Depuis longtemps déjà, il ne sait donner que l'indifférence et ne sait recevoir que la froideur même de cette indifférence.

Écrire. Ces intonations le laissent étrangement stérile ou plutôt, elles amplifient son malaise en lui lançant l'éternel défi... Défi désormais impossible à relever, pense-t-il amèrement. Créer le monde, construire le rêve, y abriter jalousement ses phrases et puis croiser au fil d'une histoire l'artiste mort à force d'imaginer... C'est le seul espoir que lui propose l'avenir, surface blanche d'une feuille où rien, jamais, ne se grave.

Il relève la tête. Rue de Rennes. Pourquoi est-il allé si loin? Déjà, ses jambes vacillent et sa nuque lui fait mal. Il voudrait revenir mais n'en trouve plus le courage, s'arrêter et s'asseoir quelques minutes mais ses pas, mécaniques, l'entraînent toujours plus profondément vers le centre de la ville.

Inlassablement, dans les vitrines qu'il croise, se décalque le décor propre de sa chambre. Il n'aurait pas dû partir... Il le sait, tout est inutile pour vaincre l'image du blanc et faire taire la voix qui doucement murmure : « Tu nous abandonnes? » Lentement, il répond sans y croire : « Je ne vous ai pas quittés une seconde durant ces jours interminables... J'ai bien le droit de voir d'autres visages, d'entendre d'autres paroles que les vôtres... Deux cents pages... J'ai écrit deux cents pages et si je n'avais pas tant d'autres idées en tête, je pourrais vous enfermer dans une grande enveloppe jaune, vous envoyer à l'éditeur et attendre la parution de mon livre... » La phrase s'infiltre en lui, les images se déroulent devant ses yeux... Le poids inerte et douloureux qui s'accrochait à son corps peu à peu disparaît et en l'espace d'un instant, Gene oublie l'angoisse, le désespoir et le malaise de ces heures trop longues. Brusquement, son visage s'illumine, un sursaut lui échappe : « C'est ce que je vais faire ! Je vais envoyer le début de mon manuscrit à l'éditeur en lui expliquant que le fait de lui faire parvenir les premiers chapitres stimule mon travail et me donne du courage...! Que peut-être son avis me sera utile pour écrire la seconde partie... » Il jubile tout en continuant à descendre la rue de Rennes. Il s'imagine assis devant le bureau du directeur littéraire, écoutant avec modestie ses compliments, promettant que le livre sera fini au plus tard dans un mois, hochant la tête avec désapprobation devant le chiffre de son à-valoir... Il imposera ses conditions; pourcentages, budget de publicité... Comment? Mais ils ne pourront pas refuser! Un chef-d'œuvre ne se refuse pas!

Le clocher de l'église Saint-Germain se détache sur le ciel clair comme un défi. Du haut de sa puissance, il provoque des milliers d'êtres qui passent, ne font jamais que passer sans même lever la tête pour l'admirer. Un jour, il les écrasera, les enterrera sous le poids de ses pierres et le temps recouvrira leurs tombes d'une dalle d'oubli...

Son regard s'attarde sur la vitrine d'une papeterie. Les carnets d'adresses sont éparpillés avec un semblant de désordre sur un tissu de satin bleu, les blocs recouverts de cuir côtoient les agendas, portant la promesse d'une année de faste et de générosité... les stylos... Les stylos! En or ou en argent, frêles ou trapus, légers ou imposants, attirants ou insignifiants... Ils sont tous là, livrés à son regard, offerts à ses rêves...

Ses mains se heurtent au mur froid de la vitre et ses yeux se fixent sur le reflet de son visage mêlé aux feuilles blanches des blocs... Jamais il n'avait remarqué que son expression portait la marque de cette volonté farouche d'enfant, jamais il n'avait subi avec autant d'intensité le pouvoir fascinant de ce charme magique, son propre charme.

L'éclat blanc du papier l'attire. Les lignes fines et régulières d'un grand cahier relié le précipitent dans des illusions de réussite et de gloire. Un désir soudain le saisit et déjà sa main cherche la forme du stylo mais elle ne sent que le contact rêche du jean, une matière sans image, une caresse sans plaisir.

Il relève la tête pour admirer encore une fois le personnage irréel de son reflet. Il est là. Immobile et figé, Gene l'observe. Un sentiment trouble et confus l'envahit, le domine, l'entraîne... Il pousse la porte.

Lentement, précautionneusement, il s'approche du comptoir. Son regard vacille d'un stylo à l'autre, indécis, troublé. Sa main les effleure, il s'interroge. « Ceux-là sont pour des hommes d'affaires, ceux-ci pour des secrétaires... Il me faut quelque chose d'original, d'extravagant même... » Il longe les vitrines, s'attarde devant les étagères, hésite, revient sur ses pas. Le vendeur l'observe d'un air méfiant.

– Vous désirez?

Surpris, il sursaute, bredouille une parole incompréhensible. Puis, avec un sourire triomphant, il prend sur le comptoir un Bic noir à deux francs cinquante, paie et très dignement se dirige vers la porte vitrée.

Ses pas l'égarent vers un univers imaginaire, seul univers où son esprit puisse se plaire et se complaire, seul univers où son existence puisse trouver un sens.

Dans la poche de sa veste, à hauteur de son cœur, sa main serre tendrement le stylo.

Avec un plaisir sans fond, il écrit soigneusement le nom et l'adresse sur la grande enveloppe jaune. Il l'observe, l'admire. Les murs de la chambre se taisent, les feuilles blanches ont disparu et le clavier de la machine s'est brisé la voix à force de crier en vain. Fièrement, Gene se redresse et marche le long de la table, les yeux fixés sur la tache jaune du tapis. Il prend une cigarette, revient s'agenouiller et sort les timbres de la poche de sa veste. Puis avec des gestes précis et appliqués, il les colle dans le coin droit, l'un après l'autre.

La première porte de sa prison s'ouvre en grinçant. La première ou la millième, quelle importance, sa main devra en aimer un nombre infini avant de réapprendre la vraie profondeur des choses.

La feuille reste vide et pour la première fois, il n'en éprouve pas de remords. Il a la sensation d'avoir trouvé une sorte de liberté mais peut-être n'est-ce que l'illusion que provoque l'indifférence. Le réveil tictaque avec ce bruit tantôt exaspérant et tantôt apaisant des choses immuables. Il l'écoute attentivement tout en caressant ses mains, le regard perdu dans un infini hors de portée.

Dans combien de temps saura-t-il? Dans combien de jours, d'heures, de secondes lui apportera-t-on la certitude? La question tourne et se retourne dans son esprit, la cigarette se consume entre ses doigts, la tasse de café refroidit et le vide s'étend à perte de vue. Il n'a rien. Plus rien qu'un espoir jeté dans une boîte aux lettres et un doute cruel qui, impitoyablement, martèle ses pensées.

3

Il n'arrive pas à y croire. Et pourtant, la lettre est là, tache blanche et encore silencieuse posée dans le fond de la boîte marquée à son nom; Gene Carl 3e étage gauche. « Est-ce bien moi, Gene Carl? Peut-être me suis-je imaginé être Gene Carl dans le seul but de croire que quelqu'un pouvait m'écrire, peut-être ne suis-je en réalité qu'un individu sans nom et sans étage dont personne ne connaît l'existence... » Il réfléchit. Hésite. Puis ouvre la boîte en étouffant un rire de nervosité.

Sa main tremble en prenant la mince enveloppe de papier. Il la tourne, la scrute, vérifie l'adresse tapée à la machine. Le cachet de la poste est daté d'hier... Dans le coin gauche, une étiquette : Éditions LUM, 16, rue Dauphine. Non?! Est-ce possible? Peut-être se sont-ils trompés de destinataire, peut-être ont-ils mélangé les manuscrits et cru que j'étais l'auteur d'un livre qui en réalité n'est pas le mien, une erreur est si vite faite! « Mais non, il n'y a aucun doute, cette lettre est pour moi, Gene Carl, écrivain reconnu et célèbre, écrivain destiné à une brillante carrière... Comment auraient-ils pu négliger de me répondre?! »

Lentement, il monte les escaliers. Il ouvrira la porte et d'un geste calme, décachettera l'enveloppe seul avec cette joie et cet espoir que personne ne pourra lui dérober... Les phrases, émues, s'excuseront de la douleur qu'elles lui ont fait subir et se montreront prêtes à tout promettre à celui qui les a aimées avec tant de passion... La machine s'inclinera et jurera de ne plus jamais recommencer ses moqueries et ses provocations, les feuilles abandonneront leur sourire d'ironie et les murs réfléchiront l'image de cette entente enfin retrouvée...

Immobile sur le palier, il se demande s'il doit tourner la clé tout de suite ou prolonger cette attente. La porte se referme derrière lui avec un bruit sec et aussitôt ses gestes se précipitent, ses mains s'agitent en tous sens et déchirent maladroitement l'enveloppe, l'impatience se pose sous son regard, ombre menaçante disant l'incertitude. Ses paupières clignotent et son front se ride tandis que ses doigts, nerveusement, déplient le papier.

« Monsieur,

« Je remplace M. Lemistre qui a édité votre premier livre *Le Passage de l'enfer* que j'ai eu le plaisir de lire et qui m'a profondément touché.

« J'ai bien reçu le manuscrit que vous m'avez envoyé et il m'a beaucoup intéressé. J'aimerais vous rencontrer pour que nous en parlions ensemble. Pouvez-vous m'appeler pour que nous fixions un rendez-vous.

« Avec ma vive sympathie.

« Prisca Furre. »

Stupéfait, Gene relit encore une fois la lettre. Bien sûr, c'est flatteur mais pourquoi ne dit-il pas ce qu'il pense du manuscrit? « Intéressé »? Il aurait tout de même pu montrer plus de passion! Foudroyé, sidéré, ébloui, aveuglé... Mais peut-être n'a-t-il pas trouvé le mot...

Prisca. Joli nom, plein de charme. Après tout, s'il

lui a demandé de l'appeler, il doit avoir été foudroyé, sidéré, ébloui, aveuglé, seulement, il n'a pas osé l'écrire... Pour une lettre professionnelle, ça se comprend, n'est-ce pas? Prisca. Il l'imagine déjà. Jeune, sans aucun doute jeune, et beau, comment ne serait-il pas beau avec un nom pareil... Des yeux verts, transparents, un regard fascinant, bien sûr, comment ne serait-il pas fascinant... Un visage avenant, un teint hâlé, un homme tel que lui doit partir chaque week-end à la mer... De l'élégance, de la classe, il ne peut décemment pas avoir une allure insignifiante et banale... Non. Pas s'il s'appelle Prisca.

Encore une image... Juste une... Il ne veut pas laisser échapper ce visage mais où sont les mots pour l'emprisonner sur la feuille? Les mots, vite, il doit les trouver, il les avait pourtant mis sur la table, ils n'y sont plus, peut-être dans le tiroir, non, ou alors sous la housse grise de la machine, mais où sont-ils donc passés?! Ils avaient promis de ne plus jamais le faire souffrir, vous entendez, vous aviez promis, êtes-vous donc des menteurs?! La feuille, vite, pas celle-ci, elle est froissée, celle-là? non, c'est la lettre... 633-87-54... les chiffres ne m'intéressent pas, je ne les comprends pas, le visage! Je l'ai perdu!

Fébrilement, il attrape le stylo, se précipite sur une page vide dans l'espoir de retrouver Prisca. Sa main trace une ligne mais, au bout de la ligne, ce ne sont plus des mots qui apparaissent... seulement des numéros... 633-87-54... Mais évidemment, il attend mon coup de téléphone, je n'ai pas besoin de l'emprisonner, il est déjà prisonnier, de mon talent, de mon livre, de mes pensées! Le téléphone, où est le téléphone?! Il n'en a pas, c'est vrai, il faut descendre au café mais a-t-il de la monnaie? Et le numéro, ne pas oublier de prendre la lettre surtout, la voilà, les clés, dans ma poche, pourvu qu'il attende encore...

Fou d'impatience, il descend les escaliers en courant, bouscule une vieille dame et se précipite vers la cabine téléphonique.

Une voix. Sa voix qu'il ne reconnaît pas.

– Pourrais-je parler à M. Prisca Furre, s'il vous plaît?

Assis au comptoir, il tourne pensivement son index autour des bords de la tasse. Il savait que Prisca serait là, qu'il décrocherait l'appareil à la première sonnerie et dirait « allô » avec ce ton nerveux, inquiet... « Vraiment...? Tu le savais? Alors pourquoi as-tu dévalé l'escalier comme un hystérique, pourquoi as-tu pensé qu'il pourrait ne plus t'attendre, ne pas t'écouter ou s'excuser d'un malentendu?! »

Et sa voix... Une voix grave aux intonations irrégulières, parfois complices, exactement la voix qu'il lui avait imaginée, exactement la voix qu'il attendait...

Rêveur, un peu désemparé, il avale une gorgée de café. Il ne parvient pas à croire que Prisca est un être réel existant hors d'une feuille de papier et hors de son univers imaginaire, il n'arrive pas à saisir le sens ni l'histoire de cette vie nouvelle, sa tête est vide, il ne sait plus.

Il voudrait lui offrir des phrases, des phrases c'est tout ce qu'il possède. L'image de la feuille blanche et les mots de nouveau murmurent leur plainte : « Tu nous abandonnes? » Oui, depuis trois jours, il les ignore. Trois jours que son esprit s'échappe, que son regard n'admire qu'un rêve de gloire et que sa main, inutile, s'engourdit. Trois jours d'attente, d'espoir et d'incertitude. Et les phrases, jalouses, s'enfuient vers une autre main. Et maintenant, que va-t-il faire si elles ne lui pardonnent pas, que va-t-il faire en attendant de rejoindre Prisca?

Nerveusement, il allume une cigarette puis, d'un

air morose, laisse trois francs sur le comptoir et se dirige vers la sortie, lentement, comme pour se préparer à l'idée de travailler. Son immeuble est à deux mètres à peine... Déjà, l'escalier sombre et poussiéreux égrène son refrain et le tourbillon des marches le précipite dans l'inquiétude. Le manège tourne et l'espoir se retourne, le monde se perd et la feuille blanche le remplace, souriante et railleuse.

Est-ce bien lui qui habite cette chambre sans chaleur?

Il s'assoit devant la table avec l'ennui et la tristesse pour seules images. Le papier ne retient plus ses yeux, n'attire plus ses pensées, il a perdu son pouvoir. Mais que peut-il faire sinon prendre ce stylo, caresser cette feuille et écrire des mots, que peut-il faire sinon reconstruire sa prison?

De nouveau, il n'a plus que sa solitude à aimer, de nouveau il essaie de regarder à l'intérieur de lui et il n'aperçoit que cette tache noire faite d'un seul désespoir.

Il s'est réveillé d'un sommeil d'oubli, les yeux gonflés d'impuissance et le cœur lourd. Où est parti le Gene qui s'acharnait à écrire sans perdre une seconde et qu'est-il devenu, lui qui a tracé sur cette page des lignes entrecroisées et dessiné maladroitement un visage imaginé? Qu'a-t-il pensé pendant son sommeil inutile, qu'a-t-il rêvé sinon de s'abstraire à jamais de l'existence du papier et de courir vers celui dont le nom l'a fasciné? Deux jours que sa main ne lui obéit plus comme détachée de son corps... Deux jours? Cinq jours! Cinq jours qu'il n'écrit plus, ne fait que dormir et fuit devant la vision cruelle des phrases inexistantes.

Les membres engourdis et la tête lourde, il se lève sans même ressentir la joie qu'il avait attendue de ce jour, jeudi. Ce nom, Prisca, qu'il répète machinalement dans l'espoir d'oublier le désespoir soudain de n'avoir pas pu combler le vide, et ses pensées, emprisonnées par cette image qui tourne pour s'échapper de nouveau et revenir inlassablement... Le papier blanc au visage de néant.

Dix heures sur les aiguilles du cadran et Gene abandonne son refuge. Il ne tourne pas la clé car personne ne viendra lui voler sa souffrance, même si c'est la seule chose qu'il désire, le seul espoir qu'il lui reste.

Il a erré longtemps dans ces rues froides et impersonnelles sans saisir dans le reflet des vitres la silhouette désirée. Qui est cet homme? Et où est Gene? Peut-être s'est-il égaré dans le labyrinthe d'une nuit à force de chercher en vain la seconde partie de lui-même.

Un homme est arrivé à midi moins cinq à la porte des Éditions Lum. Il avait ce regard éteint de ceux pour qui plus rien n'a d'importance. Il a relevé la tête sur la plaque de cuivre gravée, s'est immobilisé un long moment, les yeux fixes. Et soudain une lueur a éclairé son visage, son dos s'est redressé et sa veste auparavant mal ajustée a pris une élégance inattendue. Sa silhouette ne paraissait plus famélique mais d'une minceur extraordinaire, ses attitudes et ses gestes empreints de douceur et de calme.

Confortablement assis dans un fauteuil, Gene attend, libre de l'angoisse et du remords qui l'ont miraculeusement quitté à l'instant même où il prenait conscience de son apparence et était sur le point de renoncer à son rêve. Peut-être est-ce la honte qui l'a transformé si soudainement ou peut-être une voix grave et complice, quelle importance.

Il tâtonne dans ses poches pour trouver son paquet de cigarettes et son briquet. Étonné, il en sort une boîte d'allumettes imagée d'une de ces affreuses Bretonnes en coiffe régionale. Furtivement, il la remet dans sa poche, contrarié de n'avoir pas pensé à s'acheter un briquet en or ou en argent. Mais aussitôt et d'un geste fier, il allume sa cigarette, sûr d'un charme et d'une élégance qui n'appartiennent qu'à lui, Gene Carl.

Une porte s'ouvre, un homme apparaît. Il l'a reconnu sans aucune hésitation. Sa ressemblance avec le personnage imaginé était si parfaite qu'il en est resté un instant stupéfié. Lorsqu'il reprit conscience de la réalité, la différence l'inquiéta; le rêve ne lui avait donné aucune existence véritable alors que par sa présence l'homme semblait dominer toutes les vies, les posséder et les rendre insignifiantes. Éternel défi, pensa Gene en suivant Prisca.

Le bureau est spacieux et clair, la bibliothèque encombrée de livres et de manuscrits. Gene regarde attentivement Prisca avec cette expression de froideur et d'indifférence qu'il adopte dès qu'il pressent un être plus fort que lui. Immobiles, ils s'observent sans parler, cherchant l'un et l'autre à se deviner mais ne recevant que de simples sourires de convenance.

– J'ai lu votre manuscrit... Ses qualités sont évidentes mais c'est un livre déroutant, parfois trop confus... L'absence de toute histoire est souvent gênante. Mais peut-être ai-je un certain parti pris... Votre premier livre était si bien équilibré que ce long rêve est tout à fait inattendu. Il ne correspond pas à l'idée que je m'étais faite de vous...

Ses yeux sont exactement du vert imaginé... Peut-être un peu trop fiers, un peu trop assurés... Mais c'est justement ce calme et cette force intérieure qui l'agressent, le séduisent.

– Voyez-vous, le lecteur a des exigences, des exigences stupides peut-être mais c'est lui qui choisit. Et un récit sans personnages, sans événements, sans décors, un récit imaginaire où il ne retrouvera rien de sa propre réalité ne peut pas lui plaire. Votre premier livre était une réussite car il conciliait un univers absolument imaginaire et des faits, des situations justes et frappantes qui entraînaient le lecteur, le captivaient. Ce manuscrit a une valeur certaine mais il lui manque quelque chose, cette part de réalité et d'expérience vécue qui permet au lecteur de sympathiser avec vous...

Lentement, les paroles de Prisca s'infiltrent en lui. La voix est sans agressivité ni prétention mais ses mots réveillent une colère farouche et impuissante.

On met de la douceur et de l'amabilité pour lui annoncer que son talent s'est flétri, dégradé... On ne le brusque pas, on prend soin de sa sensibilité d'écrivain car après tout, il reste toujours l'espoir de le faire renaître... Tout le monde est séduit par le Gene Carl désormais perdu, perdu ou mort, et l'être d'aujourd'hui est sans charme, pourquoi, mais pourquoi l'a-t-il tué?

– Vous avez sans doute raison... On n'est pas objectif envers ce qu'on écrit, parvient-il à dire.

– C'est normal. Mais franchement, je pense que votre manuscrit avec quelques modifications peut faire un bon livre.

Les yeux noirs de Gene se sont fixés sur le rebord de la table, ses lèvres se sont crispées, il ne trouve pas les mots. Comment lui expliquer ce qu'il vient de comprendre à l'instant? Qu'il est venu chercher ici une présence, un accueil, une chaleur? Il détourne son regard vers la fenêtre, s'efforce de voiler son visage d'indifférence et de reprendre son rôle d'écrivain célèbre, susceptible et intolérant. Mais sur son corps il ne sent que le costume usé et sale d'un être faible, maladroit et désespéré.

Un silence oppressant et Gene cherche une phrase, une réplique cinglante. Il n'ose plus regarder ce visage impassible et beau, il a trop peur d'y voir le reflet de son propre malaise.

Nerveusement, il se met à marcher le long de la pièce, les mains croisées derrière le dos et l'air soucieux. Peu à peu, ses attitudes se décrispent, son corps s'assouplit, son regard s'illumine et ses mains s'agitent dans l'air comme pour y dessiner des formes imaginaires; il s'est trouvé un rôle. Brusquement, il pivote sur lui-même, affiche un sourire triomphant d'enfant vainqueur puis revient s'asseoir en face de Prisca.

– Je ne sais pas pourquoi, vos yeux me fascinent.

Avec satisfaction, il voit son visage se figer d'étonnement.

– La couleur surtout... Ce n'est pas vert turquoise ni vert foncé... Non. Une couleur indéfinissable...

Prisca l'observe, intéressé ou flatté, et Gene, pensivement, continue.

– Ce qui est étrange, c'est l'iris... là, au centre... On dirait qu'il grandit et rapetisse sans cesse... Des yeux de chat, voilà! Vous avez des yeux de chat!

Son regard s'est perdu au-delà de l'espace, les reflets lumineux et transparents s'élargissent, l'engloutissent puis le libèrent, aussi capricieux et imprévisibles que ses phrases. Mais soudain, son expression émerveillée se défait et ses mains fébrilement cherchent une cigarette.

– Je vous ennuie peut-être avec...

– Non. Vous m'amusez.

– Je veux dire, ça ne vous intéresse peut-être pas...

– Tant que le téléphone ne sonne pas...

Il baisse la tête, décroise ses jambes. Le silence

pèse sur lui, il va l'écraser, il doit le briser, il le faut, il ne veut pas quitter cette pièce, il ne veut pas entendre ces mots : « Eh bien, au revoir et à bientôt. »

Une secrétaire entre, pose un dossier sur la table, toise Gene avec dédain puis disparaît.

« Est-ce sa maîtresse », se demande-t-il avant de dire d'une voix inquiète :

– Vous devez me prendre pour un fou.

– Les êtres raisonnables n'ont pas de génie.

– Oui, mais les fous ne sont pas forcément des génies.

Comment parvenir à savoir ce qu'il pense... Son attitude n'est que celle de tout directeur littéraire envers un auteur de sa maison et ses yeux ne disent rien qu'une sorte de curiosité envers Gene Carl...

La sonnerie du téléphone résonne comme une intruse. Une voix à l'autre bout de ce fil lui parle, accapare son attention, dérobe les paroles que Gene, figé sur sa chaise, attendait et n'a pas reçues. Une colère sourde l'envahit, il voudrait se lever, feindre de partir en claquant la porte pour retrouver son regard, son attention mais quel est l'orgueil inutile qui lui fait croire que sa colère serait reconnue, lui maladroit, ridicule...

Sa voix grave et chaude emplit la pièce. Il l'écoute, s'efforce d'en retenir les intonations pour le jour où la solitude, de nouveau, dessinera sur les murs blancs de son refuge les traces amères de son échec.

– Eh bien, je vous rappellerai lorsque j'aurai lu votre manuscrit... Oui, d'accord, c'est entendu, au revoir.

Gene sourit. Prisca s'excuse de cette interruption. Gene allume une cigarette. Sonnerie de téléphone. Il sursaute de colère, tire nerveusement bouffée sur bouffée, il brouillera les lignes téléphoniques, coupera les fils ou fera sauter l'électricité mais il la tuera cette maudite sonnerie !

Prisca soupire, fait un geste pour lui montrer que ces appels perpétuels sont insupportables. « Pourquoi ne raccroche-t-il pas », se demande Gene, furieux.

– Lundi? D'accord, c'est noté, au revoir.

Déclic. Regard. Sourire.

– Je ne sais pas pourquoi, j'ai envie de vous connaître davantage. Avez-vous quelque chose à faire ou acceptez-vous mon invitation à déjeuner?

L'homme qui était entré à midi moins cinq aux Éditions Lum en ressortit à midi trente accompagné d'un autre homme. Ils évitaient de se regarder et la tension semblait grandir entre eux, annonçant une lutte, une dispute dont chacun paraissait chercher l'issue.

Ils marchèrent sans parler jusqu'à un restaurant de la rue de Nesle. Sur le seuil de la porte, leurs regards se croisèrent un instant puis ils entrèrent.

Prisca guida Gene vers une table dressée au centre de la salle, près d'un jardin entouré de vitres. Ils s'assirent sans un mot, les yeux fixés l'un sur l'autre. Gene détourna la tête le premier, gêné par ce décor inconnu et la désinvolture de Prisca. Il sourit et Gene se crispa devant la certitude de plus en plus évidente de sa faiblesse. Ne supportant plus ce regard trop clair, il prit la carte et la lut attentivement pour se donner une contenance. Prisca faillit en rire mais se retint, peut-être parce qu'il trouvait un certain charme à cette maladresse. Le visage de Gene était désormais caché par la plaque de cuir bordeaux où étaient posés ses doigts, fins et blancs. Au bout d'un long moment, la carte le découvrit à nouveau. Quel sera son nouveau personnage? pensa Prisca à la fois curieux et amusé.

– Que prenez-vous? demanda-t-il d'un ton distrait.

Sa voix le troubla. Ses lèvres s'agitèrent mais il resta muet. L'aisance de Prisca lui dérobait sa propre assurance mais, au bout d'un instant, il parvint à se ressaisir et dit d'un ton parfaitement mondain :

– Vous connaissez ce restaurant mieux que moi, je me fie à vous.

Prisca ouvrit alors la carte à plat sur la table, la parcourut rapidement puis la referma.

De l'agressivité malgré ce sourire rayonnant, pensa Gene. Mais non, pourquoi aurait-il besoin d'être agressif, c'est lui qui me domine. Une colère, une révolte... Il relève la tête, de nouveau les yeux verts l'envoûtent.

– Vous prenez des risques. J'ai la réputation d'avoir très mauvais goût.

– Si je perds, je vous offre le champagne.

Est-il déjà agacé par ces enfantillages, l'a-t-il invité pour ne pas déjeuner seul ou par simple souci de politesse? Ses yeux verts ne disent rien. Gene se répète qu'il doit tout observer, tout deviner, tout comprendre des autres, sinon, comment pourra-t-il écrire, décrire cette « réalité, expérience vécue » que Prisca lui a envoyée à la face comme l'évidence de son talent déchu? « Écrire? Mais tu n'écris pas! Tu écrivailles à propos de ta minable personne! La solitude n'inspire que les génies! Écartons le génie, il te reste les autres comme source d'inspiration. Et qu'en fais-tu? Rien. Tu les regardes avec béatitude et stupéfaction sans rien découvrir de leur vie! Que sais-tu de cet homme avec qui tu es depuis plus d'une heure? Rien. Et ta feuille restera blanche. »

Ce n'est pas vrai! Il a déjà en tête une scène extraordinaire à placer dans son roman! Et puis malgré son air absent, il observe tout : sa cravate, la couleur de sa chemise, la marque de sa montre, sa main sans alliance! Que croit-elle donc, cette maudite voix?!

Mais alors, d'où vient cette tristesse qui se pavane devant ses yeux avec des airs de femme irrésistible? Elle est là, partout autour de lui, sur ses mains tout à coup anonymes, entre les reflets dorés du verre de vin, sur la surface blanche de cette assiette, sur le tissu rouge d'un mur de silence... Il la sent s'infiltrer dans son regard et le rendre aussi misérable que celui d'un mendiant trop fatigué pour tendre encore la main vers une pièce de bonheur, il la sent envahir ses lèvres, sa gorge et son cœur d'une teinte maussade, d'un désespoir vide...

Prisca l'observe, sans comprendre ce malaise que trahit son visage ni ces lueurs de désarroi qui parfois l'assombrissent. Il ne peut pas croire que Gene joue, Gene ne sait pas feindre ou ne le sait que trop maladroitement pour convaincre. Il semble préoccupé, vulnérable, en proie à cette impossibilité de vivre que Prisca avait perçue dans son manuscrit mais dont la sincérité l'avait laissé sceptique. Non, ces regards craintifs, comme traqués par une menace latente, effacent sa défiance et d'une certaine façon l'émeuvent sans qu'il cherche à s'en cacher, une certaine naïveté qui le touche et réveille en lui une sorte de douceur, peut-être de tendresse.

Brusquement, Gene oublia le décor créé par sa morosité, de nouveau repris par le refrain lancinant de ses mots trahis. Il but une gorgée de vin et laissa un instant ses yeux errer et s'enfuir vers le bassin du jardin où une carpe, immobile, semblait lui renvoyer son image. Il reposa son verre d'un geste lent puis surprit dans les yeux verts cette complicité nouvelle, inespérée.

Le garçon a posé deux plats sur la table. Gene le regarde s'éloigner puis endosse le costume de son énième personnage; un homme désinvolte, élégant.

– Que faites-vous de votre vie?

Prisca semble légèrement décontenancé mais répond aussitôt :

– Je lis des manuscrits, comme vous vous en doutez.

– Et puis? reprend Gene d'une voix nonchalante en commençant à découper sa viande.

– Je réunis le comité de lecture pour décider si le livre est publiable ou non.

– C'est tout?

– Non bien sûr, il y a bien d'autres choses : les couvertures, les quatrièmes pages, la publicité, la distribution...

« Il répond à mes questions, c'est déjà ça... Mais jusqu'où répondra-t-il? »

– Mais d'une façon plus précise, que faites-vous, je ne sais pas moi, par exemple, le mardi?

– Je n'ai pas un travail particulier à faire selon les jours de la semaine, réplique Prisca avec un sourire amusé.

– Dites-moi, par exemple ce que vous allez faire cet après-midi.

– Vraiment, je ne vois pas ce qu'il y a de passionnant là-dedans... Nous pourrions parler d'autre chose, je ne...

– Non, non, qu'allez-vous faire cet après-midi?

– Téléphoner à l'avocat de la maison pour lui demander un conseil, recevoir un auteur dont le livre a été accepté et qui doit signer son contrat, régler différentes affaires qui attendent sur mon bureau depuis des semaines, que sais-je encore?! Mon emploi du temps n'est pas réglé comme du papier à musique!

– Et après?

– Après? demande Prisca d'un ton exaspéré, que voulez-vous dire?

– Rien d'autre que ce que je dis; et après? dit Gene étrangement calme et sûr de lui.

Le fait de poser des questions et d'en entendre les

réponses lui donne l'illusion de mener le jeu. Désormais, c'est lui qui domine la situation, lui qui mène Prisca vers la route qu'il a choisie.

– Expliquez-moi d'abord la raison de cet interrogatoire, ensuite, je vous répondrai!

D'un geste lent, Gene repose sa fourchette sur le bord de l'assiette, prend un air mystérieux pour répondre :

– Vous êtes exactement le personnage que je cherchais pour mon livre.

Il tend la main vers son paquet de cigarettes, continue :

– Vous comprenez donc que je dois vous connaître, savoir très exactement ce que vous faites...

La flamme de l'allumette jaillit, il allume sa cigarette, aspire la première bouffée avec satisfaction.

– Quels sont vos goûts, vos espoirs, vos joies, je dois tout savoir, absolument tout...

– Écoutez, si c'est un prétexte, il est horriblement maladroit et...

– Ce n'est pas un prétexte! D'ailleurs, c'est vous-même qui m'avez conseillé de mêler une part de réalité à mes rêves et vous êtes bien réel, non? Alors, que faites-vous le soir?

Résigné mais non battu, Prisca soupire et répond :

– Je rentre chez moi, lis les journaux, dîne en général vers neuf heures, travaille jusqu'à...

– Vous habitez seul?

– Oui.

– Vous travaillez? Quel genre de travail?

– Ça dépend. Enfin... un travail personnel, une sorte de roman ou parfois des nouvelles.

– Quoi? Vous écrivez?! s'exclame Gene, visiblement outré.

Non, c'est impossible, il ne peut pas écrire, il n'a pas le droit d'écrire, lui qui appelle les phrases lorsqu'il n'a rien d'autre de mieux à faire et cherche à imiter les écrivains qu'il voit défiler dans son bureau toute la journée! Lui qui n'a qu'un amour secondaire, un amour de rechange, pour les mots!

– Comment ça, vous écrivez?! Les mots viennent tout seuls? Ils ne vous narguent jamais, ne vous emprisonnent jamais, ne vous font jamais de scène de jalousie lorsque vous rentrez chez vous après une journée passée loin d'eux? Les phrases ne s'échappent pas, la feuille ne reste pas blanche, vous écrivez vraiment ou vous croyez écrire? Combien de pages en une heure, combien de lignes dans la page, combien de mots dans la ligne? Et la machine? Le clavier ne vous regarde-t-il pas en riant méchamment? Non, alors je ne vous crois pas, c'est impossible qu'il soit docile et conciliant...

Le flot de paroles s'arrête brusquement comme si Gene avait soudain réalisé qu'il n'était pas seul avec le reflet d'un de ses personrages mais avec un être réel, indépendant, existant en dehors des caractères que tracera sa main. Ce n'est pas la crainte qui apparaît dans son regard mais un étonnement enfantin semblable à celui qu'on éprouve après avoir été victime d'une plaisanterie. Immobile, il regarde Prisca fixement, d'un air indécis. A-t-il entendu? A-t-il compris? Son visage ne trahit rien. Brusquement gêné, Gene se crispe. Il sent son assurance lui échapper, tente d'articuler un mot mais seul un ricanement sort de sa gorge. Alors, très vite, il reprend :

– Donc, le soir, vous écrivez... Vous ne faites jamais autre chose?

Tous deux ont conscience que ce n'est plus qu'un jeu, un jeu au travers duquel ils se devinent, se perçoivent puis de nouveau se cachent.

– Quelquefois, j'ai des dîners d'affaires.

– Qui voyez-vous à ces dîners?

– Des écrivains, des éditeurs, des journalistes...

– Dans quels restaurants allez-vous?

– Oh, des restaurants d'affaires...

– De quoi parlez-vous?

– De livres, d'auteurs, de projets, de contrats, de toutes sortes de choses enfin!

– Vous ennuyez-vous ou trouvez-vous cela amusant?

Lentement, Prisca se sert un verre de vin puis allume une cigarette et fixe Gene avec ironie. Son attitude semble dire que le jeu a assez duré, qu'il attend autre chose désormais. Le masque de Gene tombe, il soupire, demande d'une voix éteinte :

– Pourquoi m'avez-vous invité à déjeuner... Je ne suis plus le reflet de mon premier livre, je ne suis rien...

– Même si vous n'en avez pas conscience, ce livre continue à vivre en vous.

– Vous croyez?

Sa voix était trop pleine d'espoir pour ne pas trahir son angoisse. Mais il n'a plus la force de réagir, plus la force de jouer...

Le garçon retire les assiettes, leur tend de nouveau la carte. Gene la prend, la pose sur la table. Déjà, il s'apprête à sortir le stylo pour remnlir le vide et s'assurer que son talent n'est pas mort, déjà, il ne voit plus une carte de restaurant avec des noms de plats mais la feuille blanche... Ce blanc qui l'observe... Sa main s'agite, il ne trouve pas le stylo, le mot se dérobe...

– Comme dessert, je prendrai une conversation!

Il a envie d'être insouciant, libre et gai, il a envie, de s'aimer, d'étonner et de séduire... Mais pourquoi Prisca, cet homme qui n'a rien puisqu'il ne possède pas les mots? Est-ce tout simplement pour ces yeux verts, ce sourire tendre et cette expression d'invulnérabilité?

– Vous prenez aussi une conversation, naturellement?

– Bien sûr! Comment avez-vous fait pour deviner que j'adorais cela?

– L'intuition... Que deviendrait un écrivain sans intuition...

– Mais vous ne m'avez rien dit de vous... Comment travaillez-vous, comment vivez-vous?

– Moi? Je travaille, je ne vis pas. Il faut choisir, n'est-ce pas? Non, ce n'est pas une réponse satisfaisante... Eh bien, je me lève tous les matins à quatre heures, je prends une douche, prépare du café, m'installe à quatre heures et quart juste devant ma table, dispose soigneusement mes feuilles, mes stylos, mes cigarettes et mon cendrier devant moi... Ensuite... ensuite... je cherche le premier mot, la première phrase, réfléchis, doute, hésite, finis par écrire ou ne pas écrire ma pensée... Bien sûr, après ces premières minutes difficiles, les phrases ne me résistent plus, elles coulent de ma plume comme... enfin, vous voyez ce que je veux dire... Et alors, ça devient merveilleux, et je dirais même sublime... c'est une sorte de jeu fou ou magique dans lequel vous êtes entraîné irrésistiblement...

Gene fixe sa main des yeux, il l'observe, l'admire, la lève de la table, tend son bras et se recule légèrement, la détaille comme il le ferait d'une œuvre d'art...

– Elle est belle, vous ne trouvez pas?

– Oui... Vraiment très belle...

– Regardez l'index... C'est surtout l'index qui me plaît... Le majeur est plus long mais il n'est pas aussi fier... Mais quelle importance que ce soit l'index ou le majeur le plus beau, n'est-ce pas?

– Aucune.

– Si, justement! Par son nom, le majeur affirme être supérieur... Les anatomistes ne savent pas choisir les noms des doigts!

Ils se regardent un moment comme s'ils cherchaient à se dire quelque chose. Mais rien ne passe dans leurs yeux.

Le silence les enveloppe. Gene se demande soudain pourquoi le mur, si propre et si net, ne porte plus les traces de sa solitude.

– Pour revenir à votre livre, je suis persuadé qu'il peut être bon... Il faut que vous y réfléchissiez.

– Réfléchir à quoi? On tue la spontanéité en réfléchissant. Moi, j'écris avec le cœur, pas avec la tête!

– On peut très bien concilier une certaine spontanéité et une certaine rigueur, vous ne croyez pas?

– Réfléchir, c'est le travail de l'éditeur, répondit Gene d'un ton buté. Mais arrêtons de parler de cela, nos phrases ne sont que des prétextes... Prétextes pour cacher le fait que vous me devez le champagne... Vous avez perdu, n'est-ce pas? ajouta-t-il avec un sourire entendu.

– Que diriez-vous de demain soir?

Il est trois heures et Gene remonte la rue de Rennes. « Demain soir » et un visage le suivent pas à pas dans l'inconnu de son nouvel univers.

Son visage s'est détendu et son dos redressé, il se sent bien. Qu'importe qu'il n'ait pas écrit et qu'importe que Prisca lui ait dit qu'il n'était pas dans le bon chemin puisqu'il semble le considérer comme un écrivain reconnu. Il marche en regardant les vitrines avec un intérêt inhabituel, rêvant comme tous les autres passants de posséder cette table en verre fumé, cette descente de lit en peau de loup, cette gravure surréaliste... Étrangement, il surprend en lui cette joie qui venait après les phrases lorsque la page blanche ne portait plus les marques de sa détresse.

La Fnac. Il recule. Sur la façade étincelante a surgi en l'espace d'un instant l'image des livres et des manuscrits entassés les uns sur les autres, menaces de sa vérité dont les voix trop perspicaces l'accusent et le provoquent, l'entraînent.

La foule le crispe et il passe entre les rayons sans même s'arrêter, évitant les « vient de paraître » qui toujours l'agressent, effleure rapidement du dos de la main les livres rangés par ordre alphabétique, A, B, C, Ca, Ce, Ci, non, aucun Gene Carl, « tu entends, aucun Gene Carl », quelle importance, rien n'importe, nausée, terrible nausée de livres, de pages, de phrases, mots, caractères, insectes qui peu à peu le détruisent... Pourquoi écrire? Regarde donc ces multitudes de petits paquets de feuilles, tu n'as rien à dire qui n'ait déjà été dit, rien à raconter qui n'ait déjà été raconté, tu ne représentes rien et ne vaux rien, pour qui te prends-tu donc, toi qui crois écrire un livre unique, dérisoire, tu entends, dérisoire... Il court entre ces pyramides, court vite, très vite, toujours plus vite mais ne retrouve plus la sortie du labyrinthe dans lequel il s'est enfermé, partout, il se cogne à « vient de paraître », énormes lettres de plastique, et cette foule insouciante, libre de la menace, cette foule haïe... Mais où est donc cette maudite sortie, il aperçoit les Escalator qui montent vers d'autres refuges de romans inventés, histoires qu'il ne vivra jamais et ne lui appartiennent pas, multitudes d'étages qui atteignent par leur hauteur une dernière voûte céleste, envers de cet enfer minable où il mourra...

Une femme le bouscule, son corps est projeté contre une pile de livres, pyramide qui s'écroule, mots qui le recouvrent de milliers de caractères, insectes minuscules qui le dévorent et lui dérobent ses phrases... On lui vole son talent pour le donner à un autre, on l'assassine pour briser son rêve et oublier son art, qui est-il, où est la sortie, les gens l'empêchent de passer, les barreaux de la prison se referment et la porte claque avec le bruit sourd des choses irrémédiables...

Étourdi et désemparé, il reste figé devant la vitre transparente. L'ont-ils vraiment libéré? N'est-ce pas un piège? Peut-être se cachent-ils au coin de la rue ou derrière ce camion pour se jeter sur lui et le lacérer de coups de couteau... Ils peuvent très bien s'être infiltrés dans son corps sans qu'il le sache... Ils attendent encore un peu avant de le détruire tout à fait, ils attendent le moment où son âme retrouvera son génie... Non. Un bus freine, un enfant court entre les jambes des passants, les voitures klaxonnent, les gens se pressent et s'insultent... « Tout est normal, n'est-ce pas, parfaitement normal », se répète Gene.

Légèrement inquiet, il se met à remonter la rue de Rennes. Dans un instant, ils vont jaillir d'une porte pour s'emparer de son talent... C'est très possible... À moins qu'ils n'aient fixé la date du meurtre pour le jour où son livre sera terminé... Dans ce cas-là, ils n'auront même plus besoin de son âme...

« Tu as perdu ton temps, tu n'es bon à rien! Tu crois pouvoir devenir écrivain en traînant dans les rues, sans but et sans raison?! » Les reproches s'abattent sur lui comme une pluie soudaine et violente. Il se dépêche, marche de plus en plus vite, voudrait déjà être assis devant sa table, de nouveau enfermé dans cette ronde folle qu'il redoute et aime avec autant de force que de désespoir... L'image de son corps courbé et de sa main courant sur le papier l'envahit d'un sentiment de culpabilité tout en lui insufflant cette énergie incroyable, inexplicable... Il court.

Il regarde cette lueur d'infini qui se profile sur son horizon noir, d'un noir où rien ne s'inscrit. Sans comprendre, il observe cette surface plane et vide qui lui crie pour toute réponse l'angoisse et la solitude.

Mourir, vivre, blanc, néant... Les mots se mêlent

et l'évidence peu à peu se fige sur la feuille blanche; « les mots n'ont plus de sens ». On peut les déformer, les inverser, les imbriquer les uns dans les autres, ils ne cesseront plus de répéter d'une seule voix et d'un seul cri le même sentiment, le même espoir et la même finitude, mots vidés de toute cohérence, bribes éparses...

Rien.

Silence.

Désespoir.

Silence et désespoir.

Et les murs, lentement se referment sur lui, camisole, carcan qui enchaîne ses poignets et sa tête, emprisonne ses pensées, le détruit d'une révolte inutile étouffée sous ce rien, silence de son désespoir.

Le papier l'observe, ironique, mais la douleur ne jaillit pas, cette douleur qui le retiendrait de réfléchir et de se battre en vain contre une chose qu'il ne parvient pas même à définir... Douleur-privilège qui, cruellement, lui est refusée.

Soigneusement, il trace deux traits verticaux au milieu de la feuille blanche. Deuxième partie. Il regarde le vide avec anxiété, ce vide lassé d'une impatience sans aboutissement et qui semble redoubler ses menaces du coin de ses deux traits... Une scène s'ébauche, un paragraphe incertain court entre les images mais Gene se donne un délai pour rendre sa vision parfaite, rêver sur ce bonheur fou d'une perfection... « Même si vous n'en avez pas conscience, ce livre continue à vivre en vous », lui a dit... lui a dit qui déjà? Quelle importance puisque c'est la vérité...

La première phrase. La plus importante. Toutes les autres dépendent d'elle, toutes les autres devront l'expliquer et l'approfondir. Il rejette la tête en arrière, se mord les lèvres, cherche désespérément, croise les mots puis les décroise, mots abstraits qui n'ont d'autre sens que celui de son angoisse. Que doit exprimer cette première phrase, que doit-elle sous-entendre, évoquer, découvrir? Les premiers mots doivent le fasciner, l'entraîner, l'égarer loin de sa réalité, les premiers mots... Mais où sont-ils?

Le réveil tictaque. Une heure. Une heure qu'il regarde, immobile et inquiet, cette première page d'un chef-d'œuvre imaginé. Le bruit régulier scande le refrain imperturbable de son obsession, coups secs et martelés : « Tu ne t'a-rrê-te-ras pas une se-con-de, tu ne per-dras pas un ins-tant... » L'histoire sans histoire repasse sur le blanc de la feuille. Quelle en est la suite, quelle en sera la fin, c'est sans importance, « il faut écrire »...

Gene erre dans des couloirs étroits et infinis, couloirs gris, déserts, qui ne viennent de nulle part et se perdent sans promesse. Peu à peu, le sol se dérobe sous ses pieds, le plafond s'approche de sa tête en riant, rire fou et dégénéré, puis les murs l'oppressent et il se débat, court vers l'infini mais l'infini est un passage étroit où seul l'esprit peut se glisser... Dans un dernier sursaut désespéré, il essaie d'écarter les bras pour repousser la haine mais déjà ses membres sont broyés par la machine diabolique et le rire monte, résonne, ultime éclat qui arrache sa tête pour la projeter violemment contre le mur de... le mur de...

Un cri déchire sa gorge, son corps se redresse, il se réveille du rêve. Un rêve? Ses yeux se baissent sur la page chargée de son écriture étrangement négligée, sa main tremble d'avoir tant couru, l'angoisse et la peur frappent encore mécaniquement ses tempes. Un rêve n'a pas ce pouvoir... Et ce sang, ce sang qui s'étale sur le mur, est-ce une illusion? Il tend la main, effleure la traînée rouge... Et ses doigts blancs, peu à peu, se teintent de cette couleur étrange.

4

Des pas dans l'escalier... lents, réguliers circonspects... Les pas d'un voleur qui vient repérer les lieux pense Gene, amusé. Ils montent, hésitants, mais personne ne répond à leur question implicite et l'intrus approche... Les pas s'arrêtent devant sa porte! Furtivement, Gene reprend son stylo, écrit un mot, n'importe lequel, s'imaginant déjà sous le regard d'un juge pour écrivains, condamné par son silence. Que fait-il? L'observe-t-il par le trou de la serrure? Prépare-t-il sa sentence? A moins que... A moins que ce ne soit Prisca? Oui, c'est lui, ce ne peut être que lui et déjà, Gene court vers la porte, prêt à l'ouvrir lorsque... Lorsque les pas s'éloignent brusquement, s'enfuient, s'échappent! « C'est impossible, reviens, tu entends, reviens, je t'attendais, je ne travaillais pas vraiment ce n'était qu'un jeu, je t'assure, tu ne m'aurais pas dérangé! Prisca... es-tu donc jaloux? Jaloux de ces phrases qui ne m'aiment pas, de ce livre qui sans cesse se dérobe sous ma main? »

Silence. Il observe l'ongle de son pouce, incapable de détourner son regard. Sa main lui fait mal comme s'il avait écrit des heures entières sans s'arrêter, mais seulement deux pages, deux minables pages... Qui lui a volé les autres? Qui? Brusquement, il se retourne vers la fenêtre « tu vois bien, elle est fermée! ».

le lit « il ne t'a rien dérobé, que tes pensées », vers le placard « mais enfin, à quoi joues-tu?! ». Il baisse la tête, observe ses pieds. Quelques feuilles griffonnées sont là, sur le tapis, légèrement chiffonnées. Un sourire se dessine sur ses lèvres, il les ramasse puis soigneusement les pose sur la table.

Sa tête est lourde, poids douloureux et inutile qui oscille de droite à gauche comme pour le menacer d'une nouvelle explosion. Une courbature sans fin s'étire de ses reins à sa nuque, lui dérobant toute énergie et tout désir... Même la joie d'avoir retrouvé miraculeusement ces pages devient lassitude, ennui qui lentement se blottissent en lui pour remplacer l'angoisse, la remplacer, ou s'y mêler.

Il tente de ramasser ses pensées éparpillées, d'inventer une autre histoire, un autre personnage... Seul, l'esprit vide, le corps vide, la feuille vide, il s'accroche désespérément à l'idéal transparent mille fois dessiné sur cet horizon blanc désormais sans atteinte.

La nuit irise sa solitude et son ennui d'une teinte mouvante, noire, bleue, rose, mauve et blanche. La main court sur le pont étroit qui domine son espoir... Sera-t-elle précipitée sur les rochers meurtriers d'une phrase trop laide? Ses yeux étincellent d'un éclat étrange, celui des larmes ou de la peur, une tristesse peut-être.

La cigarette se consume lentement sur le bord du cendrier et sa fumée forme des arabesques qui se déforment et se transforment, s'allongent au-delà du plafond de sa misère pour atteindre un ciel qu'il croit sans barrières.

Gene écrit, bercé par le tic-tac du réveil. Il écrit ...ant qu'il ignorera ces feuilles mais cela ...ce; l'ennui le guette, prêt à le saisir dès que le stylo tombera sur la table avec ce bruit sec des rêves qui meurent.

L'horloge de l'église d'Alésia marque neuf heures. D'un pas lent, il se dirige vers l'avenue du Maine, maudissant en lui-même ce temps qui s'enfuit lorsqu'il en a besoin et se traîne lorsqu'il le voudrait fugitif. Les vitrines s'emparent de sa silhouette et lui renvoient le film de sa défaite et de son amertume, rythmé par la prière obsédante des phrases qu'il n'a pas trouvées et dont il a comblé l'absence par un nom répétitif se déroulant le long des pages comme le préliminaire d'un chapitre qui s'approche. Mais le mécanisme l'a entraîné et les paragraphes se sont perdus dans un brouillard flou de caractères trop semblables, ne lui laissant que la sensation fragile d'avoir écrit et une sorte de rancune envers Prisca.

Il s'engage rue des Plantes, cherchant à deviner pourquoi il ne parvient pas à s'abstraire de l'appel implicite de celui qui lui a dérobé ses phrases. Un sourire tour à tour tendre et ironique, une voix grave mais en échange le seul reflet de son échec, une journée de vide passée à chercher en vain un mot pour nourrir son rêve.

Il s'approche, un peu anxieux à l'idée de briser sa solitude, de devoir trouver une contenance et un rôle nouveau pour feindre d'appartenir à ce monde de réalités depuis longtemps oubliées. Il imagine Prisca et son expression attentive, ses paroles complices, l'anxiété s'enfuit et il presse le pas vers l'adresse indiquée, impatient et désireux de cette présence apaisante qui efface l'amertume d'un chapitre insaisissable et fait disparaître le refrain lancinant d'une colère exacerbée.

Un couloir sombre tapissé de velours bordeaux et décoré de bibelots désuets, une fille en robe rouge et tablier de dentelle, une musique vieillie qui égrène le temps pour faire passer l'ennui et des couples silencieux et figés qui s'observent.. Gene s'avance dans la salle, irrité de ce style baroque et de cette atmosphère morose que Prisca lui a choisis. L'a-t-il donc cru si épris d'un passé de conventions et d'hypocrisies?

Il aperçoit le visage hâlé et souriant de Prisca, réprime un geste d'exaspération et s'assied d'un air mal assuré, jetant des coups d'œil maladroits autour de lui comme pour échapper à ce regard qui le découvre.

– Bonsoir. Comment allez-vous? Cette boîte de nuit vous plaît-elle? demande Prisca d'un ton enjoué qui agace profondément Gene.

– Cet endroit ne vous va pas, mais pas du tout! Cet endroit ne peut pas être en accord avec votre image ou alors vous avez menti!

Pourquoi toujours se battre... Pourquoi cette voix agressive et méprisante, ce perpétuel besoin de dominer...

– Il y a une contradiction flagrante en vous. Ce décor est exactement celui de votre premier livre...

– Je vous ai déjà dit que je ne reflétais plus ce personnage-là! dit Gene d'un ton furieux.

– Vous êtes toujours aussi susceptible?

– Je ne suis pas susceptible mais je déteste qu'on joue avec moi!

– Il n'y a aucun jeu. Je vous invite à prendre le champagne, vous acceptez, je ne vois rien d'anormal là-dedans...

– Et cette « boîte »?

– Ne criez pas, la patronne tient beaucoup à la discrétion de ses clients.

Gene s'arrête de parler brusquement conscient de son ridicule et de sa maladresse. Il ne comprend pas, il ne voulait pas dire cela, il ne croyait même pas avoir prêté attention au décor, il se moque du décor après tout puisque Prisca est là...

– Vous n'aviez pas besoin de vous mettre en

colère. Je connais une autre boîte de nuit à Saint-Germain.

Gene regarde attentivement la coupe de champagne. Sa main tourne, hésite puis la saisit et la porte à ses lèvres.

– Tu ne crois pas qu'on pourrait se tutoyer?

– J'allais te le proposer. Viens, ma voiture nous attend.

C'est une B.M.W. dont le bleu métallisé brille sous la lumière des réverbères. Prisca ouvre la porte et Gene se glisse dans la voiture avec un contentement qu'il ne cherche pas à dissimuler. Il sourit à l'idée de se laisser emmener vers un lieu qu'il ne connaît pas, enfin libre de ne plus penser, de ne plus réfléchir, de ne plus décider... Il allonge ses jambes, étire son corps, ferme les yeux. Noir apaisant où erre le regard vert et transparent de celui qui le protège.

Rues désertes, odeur étrange de la nuit, impression d'oubli qu'apportent les errances sans voyage. Ils ne parlent pas. Ils s'observent furtivement de temps à autre comme pour s'assurer de leur présence, liés par un accord tacite lancé dans leur silence. Gene sourit à l'enfant qu'il vient de retrouver. Un enfant qui s'était perdu et qu'un homme attentionné a adopté. Il s'occupe de lui, s'inquiète de lui et l'emmène loin de sa douleur... Il se complaît dans cette sensation grisante puis essaie brusquement de se révolter : « Tu deviens vulnérable, fragile... » Mais il ne veut plus perdre l'enfant, cet enfant qui a fait naître un personnage de roman, désormais égaré dans l'ombre de cette nuit.

La voiture se gare boulevard Saint-Germain dans la file des taxis dérobant à Gene une parcelle de ce rêve qu'il aurait voulu vivre à travers un voyage sans fin, un dernier geste d'amour le jetant dans l'éternité, un délire sans conscience délivré de tout obstacle du réel... Mais le temps s'est dérobé, comme toujours, et l'enfant a grandi, ne lui laissant que des rêves bafoués et des espoirs humiliés.

Il attend sur le trottoir, serrant sa veste autour de sa poitrine et sortant peu à peu d'une absence peuplée d'êtres imaginaires et fantastiques... Prisca sourit, lui prend le bras, l'entraîne. Gene se laisse guider, heureux de dépendre de quelqu'un, heureux de sentir cette main chaude plaquée sur son bras et qui l'emmène vers quelque chose d'enfin différent.

Il regarde le ciel. Jamais il n'offrira assez en échange, il voudrait donner tout, abandonner les phrases, s'abandonner et puis mourir pour ce bonheur qu'il croyait réservé à d'autres. C'est une seconde tristesse qui l'habite maintenant, cette tristesse étrangement douce et calme, cette tristesse qui vient après la souffrance et lorsque la joie vous enlace, cette tristesse sans défi et sans amertume, amoureuse et tendre... Il s'y laisse fondre et tout entier envahi par elle ne la trouve pas encore assez intense... Il voudrait se blottir dans ses bras, se couler dans son être, ne plus jamais être seul avec pour tout regard celui d'un mur froid et vide d'où suinte le sang d'un désespoir mortel.

Des acteurs jouent la comédie sur la place de l'église Saint-Germain. Le visage maquillé de blanc, le corps vêtu de costumes bariolés, ils lancent leurs répliques à ce groupe de gens amassés devant eux. Spectateurs dont les yeux envient les êtres libres mais dont la voix méprise les vagabonds de leur vie rêvée. Spectateurs qui regardent pour mieux haïr et insultent pour mieux s'aimer.

Gene et Prisca marchent, les yeux ailleurs, comédiens lointains et indifférents qui depuis longtemps ont abandonné les scènes illuminées et les coulisses sinistres des théâtres sans espoir. Leur univers est loin, si loin qu'ils n'ont plus le temps de s'arrêter et plus le temps de remarquer que leurs paroles font encore partie du spectacle.

La rue des Grands-Augustins est sombre mais animée. Deux êtres enlacés la longent puis tout à coup disparaissent dans l'entrebâillement d'une porte.

Soudain, les yeux de Gene sont devenus durs et agressifs. Il retire son bras de l'épaule de Prisca, se redresse, défie du haut de sa grandeur imaginée... Une musique pop et grinçante lui parvient de la salle vers laquelle il se dirige, suivi de Prisca... Oui, c'est Prisca qui le suit désormais... Les gens se déhanchent frénétiquement dans cette pièce tapissée de papier argenté aux formes de kaléidoscope, un orchestre se débat rageusement pour garder le rythme, le batteur se convulse et agite la tête en tous sens, le saxophoniste trépigne en esquissant des pas de danse et en tapant fébrilement sur les touches de son instrument...

Hâbleur et fier, Gene s'avance vers le bar d'une allure désinvolte, ignorant volontairement Prisca qui, légèrement désemparé, le suit sans un mot. Les deux coudes sur le comptoir, un air méprisant sur le visage, il sourit.

– Deux whiskies.

Il daigne alors jeter un regard vers Prisca tout en tournant son verre entre ses mains d'un geste lent.

– C'est meilleur que le champagne, n'est-ce pas? dit Gene d'une voix provocante.

– Oui, sans doute...

Prisca n'a pas encore appris à répondre coup sur coup à la tactique déroutante de Gene. Au hasard, il lance d'un ton ironique :

– Et ton livre imaginaire, il avance?

– Autant que le tien!

– Dans ce cas-là il n'a pas dû avancer beaucoup, réplique sèchement Prisca tandis que Gene, faussement indifférent, se replonge dans la contemplation de son whisky.

Les gens se sont arrêtés de danser, une scène s'avance au milieu de la salle et le silence se fait. Une fille surgit d'une porte invisible, elle est nue mais son corps est couvert de paillettes collées à même sa peau. Elle se met à danser sur une musique lancinante tout en chantant d'une voix vulgaire et aguichante. Son corps se déhanche, s'étire, elle interrompt les paroles de son refrain pour gémir, se relève brusquement, passe entre les spectateurs, s'assoit sur les genoux des hommes, sourit hypocritement aux femmes, se dirige vers cette silhouette fine et élégante adossée au bar. Elle s'approche de l'homme, caresse son torse en poussant un semblant de grognement, remarque soudain le play-boy qui l'accompagne, se détourne avec une grimace pour aller en aguicher d'autres...

Gene est resté immobile, les yeux fixés sur un point imaginaire perdu dans le vide. Une odeur aigre de whisky et de café s'échappe de son estomac, sa tête tourne, ses mains tremblent... Image obsédante du blanc taché de sang... Désespérément, il essaie de lutter contre cette nausée insupportable, mais il est trop tard, elle a tout tué en lui.

5

La nuit s'étend devant Gene, mystérieuse et étrange. Ses yeux, à force d'errer à la recherche d'un rêve, se sont perdus dans l'épaisseur du noir. Il ne voit plus, « je suis aveugle ». Un vent froid caresse son corps, le silence l'enveloppe et le vide change de couleur. Tout disparaît dans l'ombre. Même lui, le Gene qu'il déteste, n'existe plus.

Il ne veut pas penser. Il a peur de penser. Peur de tuer ce nouveau personnage qu'il sent s'infiltrer en lui, peur de perdre sa nouvelle quiétude. À l'aide d'images retrouvées dans un souvenir de bandes dessinées et de paroles chantages ou paroles punitions jaillies de son univers d'enfant, il empêche farouchement son esprit de sortir des limites qu'il lui trace. Ses pensées passent alors sans rien laisser en lui qu'un plaisir futile et enfantin, elles passent puis s'évanouissent, désormais incapables de réveiller l'angoisse et le doute de son existence.

Prisca l'observe. Allongé sur le lit, il détaille ce long corps blanc et élancé accoudé à la balustrade. Son regard glisse de la nuque aux reins, des reins aux jambes, remonte vers les épaules, s'étend sur le dos. Sous la peau, il devine les côtes, s'amuse à en suivre la forme puis à les compter. Il aimerait que Gene se détourne de la nuit et revienne vers lui, il aimerait le retenir, le garder mais déjà il sait que Gene n'est venu que pour lui échapper, lui montrer qu'il se suffit à lui-même et n'a besoin de personne.

Lentement, Prisca fume une cigarette. L'air froid de la nuit peu à peu s'infiltre en lui et le glace, il rabat la couverture sur son corps. Intérieurement, il appelle Gene, ce Gene qui entend mais n'écoute pas, ce Gene qui se veut insaisissable mais se rend à chaque instant plus vulnérable. Sa silhouette claire se découpe sur le noir de la nuit qui lui dérobe sa présence et la chaleur de son corps. « Comme de la jalousie... » pense Prisca. Gene déjà s'est détourné. Soigneusement, il ferme la fenêtre. Le regarde en souriant comme s'il avait lu à travers ses pensées puis d'un bond revient s'étendre près de lui.

Ils ne parlent pas mais leurs yeux parlent mieux que les mots. Seul le silence comble le vide jeté entre eux car leur langage est différent et leurs mots inutiles. Ils ne vivent pas de la même nuit ni du même temps et au-delà de leur différence, seuls leurs gestes se comprennent.

Gene caresse la peau brune de son dos. Il l'admire, la tend précautionneusement entre ses doigts puis la détend, explore un autre endroit, un sourire aux lèvres et toujours plus fier de la certitude d'avoir aimé un corps parfait... Cette certitude qu'il n'avait trouvée que sur la feuille blanche.

Une peau de tigre couvre le divan. Les marbrures du pelage s'agrandissent devant son regard, se déforment, se mêlent et se croisent puis s'étendent sur le sol... Peu à peu, elles s'approchent du lit... Gene ferme les yeux, plein d'une crainte excitante et d'une impatience grisante. Une traînée noire marque sa poitrine de l'épaule à la hanche, il la regarde, étonné et ravi, l'effleure du doigt, la caresse amoureusement... Mais soudain, elle disparaît et retourne sur la fourrure qui pour l'instant d'un rêve avait perdu sa parure... Et les traînées, de nouveau, habillent la dépouille de l'animal mort de cette beauté princière.

Il prend une cigarette et l'allume nerveusement. La respiration régulière de Prisca lui parvient. Il ne veut pas qu'il dorme! « Tu n'as pas le droit de dormir alors que moi, je ne le peux pas! » Il pose la cigarette dans un cendrier, arrache la couverture et se jette de toutes ses forces sur le corps immobile pour lui dérober son sommeil et se l'approprier.

La chanson morose de la pluie frappant les vitres l'a tiré de ses rêves. Machinalement, Gene étend le bras pour trouver la chaleur et la douceur du corps de l'autre mais sa main se perd dans l'absence, vide d'un jour sans phrases. Doit-il attendre que la feuille blanche s'habille ou doit-il aller chercher pour elle ses vêtements épars sur le sol? Il attend. Lentement son esprit s'éveille, s'étire, reprend possession de lui pour crier dans le silence du jour l'angoisse du temps et la tristesse des heures.

Un sursaut d'impatience le secoue et, d'un bond, il saute du lit, enfile rapidement son jean et son pull.

– Tu veux du thé ou du café?

– Rien. Je m'en vais tout de suite.

– Tu n'as vraiment pas le temps de déjeuner avec moi?

– Non, j'ai quelque chose d'important à faire.

Sa voix est sèche, lame de couteau affûtée qui déchire la tendresse et le souvenir d'une nuit et dévoile le véritable visage de son obsession.

– Même pas dix minutes?

– Non, même pas dix minutes.

Prisca, planté au milieu de la pièce, regarde Gene chercher ses chaussures au pied du lit. « Il s'échappe encore mais cette fois-ci, il ne m'écoutera plus... » Ses mains déjà s'agitent en tous sens comme pour lui offrir le calme des mots, l'angoisse semblable à une seconde peau rend à ses gestes leur nervosité et leur folie...

– Mais où sont ces maudites godasses?!

– Sur le tapis, près de la table.

Il les met, jette sa veste sur ses épaules et se précipite vers la porte.

– Pourvu que je les retrouve...

La porte a claqué bruyamment. La plaie mal soignée s'est rouverte et le sang, malsain, s'est répandu sans bruit, là où ils s'étaient aimés.

Gene court sous la pluie battante et sous la menace répétitive et lancinante jaillissant d'un ciel révolté. Les lettres MÉTRO se mêlent devant son regard trouble et envahissent ses pensées d'une jalousie et d'une crainte redoublée. Il se précipite vers le gouffre, se fond dans sa chaleur et son horreur, fuit, s'échappe, poursuivi par ces mains qui l'ont caressé et calmé, mais ont tué ce pour quoi il croyait vivre... Le train arrive, fracas de bruits qui s'enchaînent les uns aux autres, freins qui grincent, portes qui s'ouvrent, multitudes de talons qui frappent le sol gris et sale. Il monte dans le wagon, pressé par la foule, poussé par ces mains, non, ce ne sont pas celles qui l'ont assassiné... Comment peut-il les distinguer déjà? Ah, oui! Elles étaient fortes, brunes, très belles... Celles-ci sont laides, grossières, repoussantes... Les criminelles sont restées sur le quai, humiliées, lamentablement perdantes... Une sonnerie résonne, les portes se ferment, il éclate de rire. Et le train l'emmène vers son deuxième amant, celui qui l'attend, lui pardonnera et l'aimera à nouveau : le papier.

La tasse de café l'observe. La feuille blanche le défie. Le mur le provoque.

Les phrases se cachent, désireuses de lui montrer que ses infidélités sont mal reçues. Il soupire, saisit le stylo. Aujourd'hui, c'est un Stypen. Il n'aime pas les Stypen. Où est le Reynolds? Il ouvre le tiroir, cherche, fouille, s'énerve... Après tout, qu'ai-je contre le Stypen, il n'est pas plus mal qu'un autre, n'est-ce pas?

La page blanche sourit. Le clavier de la machine se tait. Le silence l'étouffe.

Quelque chose qu'il ne comprend pas le retient d'écrire. Les visions n'ont plus l'exact reflet de son rêve vécu et les mots se révoltent. Il les abrège pour en attraper d'autres mais lorsque la plume du Stypen se pose sur le papier, tous disparaissent inexplicablement dans le silence de la chambre.

Une voix le menace. Un rire l'agresse. Une main le caresse.

C'est le Stypen. Il a toujours dit que le Stypen était un traître. Rageusement, il le lance contre le mur et tend la main vers une cigarette. Il faut être patient. Ça prend du temps, un chef-d'œuvre, beaucoup de temps, toute une vie, parfois. Il baisse la tête. Tiens, les mots sont là. Il les a écrits sans le savoir. Ils sont beaux... bien sûr un peu dispersés, un peu trop irréguliers mais il faut choisir. D'ailleurs, le génie ne surgit que dans les moments d'intense confusion. Profondément satisfait, il avale une gorgée de café puis s'amuse à compter les pages qu'il a remplies. Quinze! Il s'enthousiasme, jubile et plein d'assurance reprend le Stypen.

Mais Prisca est revenu. Timidement d'abord. Juste une image floue et fugitive. Puis le visage s'est installé avec une expression de colère : « Tu ne penses qu'à ton maudit papier, tu crois pouvoir en vivre! Tu fuis comme un lâche, trop heureux d'aller retrouver ta solitude qui elle ne t'insulte jamais mais te ronge et te détruit mieux qu'un virus! Si tu crois que je n'ai pas compris que ton talent est mort, ta main inerte et ton manuscrit une illusion de ton esprit! Mais vas-y, enfonce-toi dans ta déchéance, enferme-toi dans ta prison au lieu de vivre pour retrouver les phrases, tue-toi, je m'en moque, tu entends?! »

Gene est resté immobile. Son corps a pris une rigidité effrayante comme pour se protéger de cette pluie de reproches. Il écoute, les yeux fixes, les muscles tendus, prêt à bondir, prêt à... Puis la tension se relâche soudainement et il ne reste que le vide pour l'attirer et l'engloutir.

Il n'y a rien de plus à dire. Rien de plus à écrire. Le néant l'a possédé, plus rien n'existe. Il a posé le dernier point il y a deux heures et depuis il observe tour à tour la tasse de café, le paquet de cigarettes et enfin ses mains sans y découvrir autre chose que l'évidence cruelle de ce néant. Il ne s'énerve plus, à quoi bon puisque tout l'a abandonné, puisque tout l'a quitté et que même l'angoisse, devenue froide, glisse dans sa lassitude.

Résigné, il allume une cigarette et va s'étendre à plat ventre sur le lit. Pas même un rêve. Rien. RIEN. R, i, e, n!

« Tu perds ton temps. » Brusquement, il se lève et va observer le clavier. Autant taper ces quinze pages, peut-être l'aideront-elles à retrouver les phrases jalouses. Rassuré, il pose la première feuille près de la machine. Peu à peu son visage se défait, se crispe, grimace, se tord de douleur et de rage... Il ne peut pas relire, les mots se sont dérobés.

Dépité, il erre entre les rayons surchargés d'un supermarché. Les piles de boîtes de conserve l'effraient, menaçant dès qu'il s'en approche de s'écrouler sur lui et de le réduire à l'état de chair ensanglantée. Il marche d'un pas traînant, un panier rouge pendant le long de sa hanche, rouge comme le sang.

Cirages, déodorants, eaux de Cologne, coton, shampooings, vernis à ongles. Il revient sur ses pas en levant son regard d'un cran; lavettes, éponges, détartrants, allumettes, dentifrices. Qu'est-il venu chercher ici? Son personnage ne peut décemment pas se tranformer en ménagère attentionnée et son rêve ne trouvera rien dans ce labyrinthe multicolore, rien ou peut-être juste un paquet de café... C'est du café qu'il devait acheter. Pyramides, échafaudages, étiquettes à deux francs, affaire à quinze francs, promotion, deux boîtes pour cinq francs, rayon des lessives, étagères pour le thé, chariot pour la chicorée, bibliothèque pour les paquets de café. Il s'immobilise, les admire avec un regard émerveillé d'enfant confus. Robusta? Arabica? Jacques Vabre ou Moulinex? Agacé, il prend un paquet de chaque marque et un pot de Nescafé. Puis, très fier, il se dirige vers la caisse, première porte à franchir pour sortir du labyrinthe des livres qui s'achètent puis se jettent.

La nuit tombe. Il marche le long du boulevard Montparnasse, les bras chargés de sacs en papier et le dégoût devant les yeux. L'enfant demande d'une voix plaintive : « Arrête-toi, je voudrais manger dans ce restaurant, celui-là, tu le vois? Je suis sûr que c'est bien à l'intérieur, qu'il y a plein de mots et des phrases aussi, tu sais, juste comme je les aime, avec plein de chocolat. » Les passants le bousculent, la peur se dessine et l'angoisse se profile. L'enfant lâche sa main et Gene court, court à perdre haleine pour le rattraper mais son corps, déjà, est passé sous les roues d'une B.M.W. bleue métallisée.

Planté au milieu de la cuisine, il regarde fixement les placards vides. Il ne comprend pas. Les choses qui lui appartiennent ne portent que ce vide, cette inexistence et puis aussi cette inutilité, les choses qui lui appartiennent semblent lui dérober sa conscience et la rendre ensuite, démunie et stérile, au miroir à mille faces de son regard intérieur. Il est vide tout comme cette étagère, blanc tout comme cette tasse et mort, tout comme cet espoir crevé. Jamais il n'a existé.

D'un geste brutal, il a claqué les portes. Le bruit a résonné puis de nouveau le silence... Ce silence qui ne dit que le vide... « Une colère sourde s'est emparée de lui, il s'est précipité vers l'évier et l'a frappé de ses poings, frappé jusqu'à ce que la douleur envahisse ses mains. Il a jeté des coups de pied contre les murs puis, soudain, s'est écroulé sur une chaise, désemparé. Le mur l'observait, le silence l'obsédait, la feuille blanche se mit à tourner devant son regard et le recouvrit d'une couleur sans relief... Il prit sa tête entre ses mains, resta immobile un long moment puis lentement se dirigea vers la porte et sans bruit la referma derrière lui.

Les mains plaquées sur les côtes et la tête lourde, il marche sans but à travers les rues froides de cette ville sans nom. Son regard s'accroche parfois aux ombres fugitives qui passent dans la nuit mais aucune ne porte la marque de l'être qu'il cherche. Et devant lui, la route s'allonge interminablement, une route déserte et sombre dont les parois de glace ne jouent qu'avec les reflets des choses...

Sur les teintes incertaines de l'ambre liquide s'ébauche le dessin de ses lèvres fines, peut-être un peu pincées par l'amertume, ou la douleur, quelle importance. Il retient sa respiration, avale une gorgée d'alcool puis regarde avec satisfaction le décor de la boîte de nuit. Le papier argenté et les femmes élégantes le rendent célèbre, sa solitude et son désarroi, génie incompris. L'orchestre cesse un moment de jouer, le saxophoniste en sueur s'écroule sur une chaise, le batteur, silhouette fluette et nerveuse, se dirige vers la platine pour mettre un disque... Sa main tremble, les glaçons s'entrechoquent, le verre est vide.

– Deux whiskies!

Mais Prisca n'est pas là. Il n'a que le souvenir de sa présence.

Une musique électronique emplit la salle, les couples s'enlacent et Gene, mal à l'aise, allume une cigarette. Une femme l'observe depuis plusieurs instants avec une insistance significative. Il n'aime pas ce regard qui reflète toute la prétention de celles qui se croient sûres de leur charme, ce regard provocant, qui choisit. Ce regard qui toise, juge, et puis note afin de tirer le bon numéro parmi l'assistance...

Dégoûté, il baisse la tête et avale rapidement une gorgée de whisky. Une agitation frénétique règne autour de lui; les corps se contorsionnent en tous sens au rythme sans cesse accéléré de la musique, les musiciens ont repris leurs instruments pour improviser sur le thème principal, des cris jaillissent, des verres se brisent, deux hommes s'insultent, une rixe s'ébauche...

Gene, désemparé, cherche une certitude entre les reflets irisés de l'alcool puis tente d'échapper un moment à cette réalité qui est revenue l'emprisonner sans prévenir et cruellement rit de sa souffrance. « Mon deuxième livre est paru depuis deux mois et les journalistes ne cessent de m'encenser de compliments et de métaphores splendides, je n'ai plus une seconde à moi entre les interviews, les émissions de radio, les séances de dédicaces et les rendez-vous chez l'éditeur... Tous sont à mes pieds, même Prisca s'excuse humblement d'avoir mis en doute mes talents littéraires et n'a de cesse de me faire oublier ses remarques désagréables à ce sujet... » Gene s'oublie et se redécouvre, paré du costume d'un mythe... Quelle importance que ce ne soit qu'un rêve, la distance séparant le rêve de la réalité est si infime... Les images se pressent devant ses yeux, les visions fuient sur l'écran blanc de son avenir, la joie peu à peu voile son regard d'un éclat étrange, mystérieux... « Lâche! Tu ne remarques donc rien, ne comprends donc rien?! Tu mens, tu n'arrêtes pas de mentir comme pour mieux te complaire dans ton inutilité et ta paresse! »

Une gorgée de whisky, un couple qui se caresse, un slow langoureux qui se traîne et les reflets de ces visages sur le kaléidoscope des murs... Bientôt, la scène va s'avancer vers le milieu de la salle et la fille au corps couvert de paillettes va surgir d'une porte invisible... « Où sont les phrases? » la question tourne entre ses pensées engourdies par l'alcool et l'angoisse brusquement monte en lui, l'angoisse et l'impatience provoquées par l'image délaissée et amère de la feuille blanche... Mais il reste incapable de bouger, paralysé de frayeur devant les murs du labyrinthe qui lentement se referment sur son corps.

Il s'est réveillé d'un sommeil sans rêves, blotti au pied de son lit. Chambre propre et impersonnelle. Il ne se souvient de rien, que de rues froides et étourdissantes de ténèbres, d'ombres fugitives passant dans la nuit et d'une nausée insupportable de désespoir et de dégoût.

Les jambes repliées contre sa poitrine et les bras au cœur de son corps, il regarde fixement la table, le mur, la chaise, cette chaise où il devrait être assis, puis la feuille, cette feuille que sa main devrait caresser... Non. Il veut seulement rester là, à pleurer des larmes de défaite et à attendre que quelqu'un vienne s'occuper de lui, il veut seulement garder en lui l'enfant qui toujours tend la main vers cette autre main, insaisissable. Laisser la douleur jaillir pour s'en voir enfin sauvé, et la mort s'approcher pour s'en voir enfin libéré. Mais il est seul. Qui se soucierait de cette mort?

« Je vais me lever, préparer du café, prendre une douche, fumer une cigarette et... écrire... » Cette phrase mille fois répétée et qui auparavant le grisait d'enthousiasme et de joie ne lui apporte désormais qu'une désagréable sensation de morosité. « Je vais traîner en lisant le journal, déjeuner à *La Coupole*, rapporter des croissants chauds de la meilleure pâtisserie du quartier, flâner devant les vitrines... Je vais m'oublier devant un écran irréel où passeront d'autres images que celles que j'aurais inventées, ne plus me soucier des pages, ne plus compter les feuilles, ne plus écouter le tic-tac du réveil... et après... »

Son regard effleure la feuille, le stylo, le clavier... Le regret déforme un instant son visage. Il ne peut pas, il ne doit pas abandonner ses mots... Ils l'ont choisi, emprisonné et séquestré dans leur univers, désormais il est trop tard pour s'en libérer... Trop tard... à jamais trop tard...

Résigné, Gene déplie lentement ses jambes, redresse son corps et se lève. Un flash phosphorescent l'agresse puis disparaît, la chambre se met à tourner, il vacille un instant mais parvient finalement à surmonter ce vertige. Un marteau frappe régulièrement ses tempes de coups sourds et douloureux, sa bouche est pâteuse, ses lèvres sèches, son dos courbatu... À pas lents et mesurés, il s'approche de la table puis comme une masse s'écroule sur la chaise. Il aimerait boire une tasse de café mais la seule idée de se lever à nouveau lui en enlève le désir... Ses doigts traînent désespérément sur le papier, ses paupières tombent, ses pensées s'échappent mais obstinément il s'accroche à sa résolution; « écrire ». Le sommeil le menace, il s'agite puis avec l'espoir de le vaincre se met à parler tout haut : « La fatigue donne du génie... Toute idée en cache une autre si médiocre soit-elle et la médiocrité peut dévoiler un concept d'une importance capitale. Rien n'est à écarter. On peut parler sans s'arrêter, on peut dialoguer pour l'éternité avec un mur... Je suis comme ce mur, vide et blanc. Mais quelle importance, tout a un sens, même cette folie qui me torture, même ce vide qui me défie, même cette mort qui me provoque... Plus rien dans mes pensées mais je dois continuer, ne jamais m'arrêter, toute indulgence en entraîne une autre plus grande encore... Il n'y a rien devant mes yeux, tout a disparu, mon imagination m'a quitté et je suis seul, bien sûr, je suis la Solitude, je suis un être qui fait mal et qui meurtrit. Mais ma douleur ne s'en va jamais, pas même lorsque je la fais subir aux autres... Elle s'enfuit vers eux mais ne s'échappe pas de moi... Tout est inutile, vain, désespérément vain et inutile... »

La tête posée sur son bras, le regard en biais et le dos voûté au-dessus de la table, il parle et écrit, écrit et parle à celui qui jamais ne lira et jamais n'entendra.

Tout autour de lui est noyé dans un brouillard gris. Une crispation dans sa main, une vrille d'acier entre ses tempes, des larmes de fatigue dans ses yeux... Il relève la tête, tente d'apercevoir un signe sur le clavier, un signe qui lui permettrait de quitter cette table, d'abandonner cette feuille... Son estomac se tord... La feuille dit : « c'est le jeûne qui te rend si faible », le stylo tombe de sa main, un soupir s'échappe de ses lèvres... Il est huit heures.

Titubant, il se lève, enfile sa veste d'un geste las puis se dirige vers la porte.

Les escaliers tournent, sa main gauche ne sent pas la rampe. Il se balance d'un pied sur l'autre comme un enfant indécis, prêt à revenir sur ses pas. Mais sa porte est fermée, les mots endormis et plus rien ne l'attend dans cette chambre blanche, plus rien... Une marche gémit, il sourit, descend une autre marche, un rire... Peu à peu il retrouve son équilibre, reprend conscience de ses mouvements, ressent même une pointe de plaisir et de satisfaction à l'idée de n'avoir pas tout à fait perdu la maîtrise de son corps. Le couloir est sombre et sinistre mais Gene l'ignore, fixant toute son attention sur ses gestes, cette pierre à éviter, cette poubelle à contourner, cette boîte aux lettres à ouvrir, sait-on jamais... Une enveloppe blanche. Non? Il se fige, la clé se balançant au bout de ses doigts et le regard rivé sur ce papier agressif, effrayant... Qui ose le déranger dans un moment intense de création? Qui ose le distraire de son chef-d'œuvre? D'un geste méfiant, il se décide à prendre l'enveloppe. Gene Carl. Aucun timbre, aucun cachet de la poste, quelqu'un est donc venu la déposer. Un sourire ironique et il glisse distraitement la lettre dans sa poche.

Les passants courent, les voitures klaxonnent, les gens s'impatientent devant l'arrêt du bus. Gene se sent agressé par cette animation dont il n'a plus l'habitude et avance précautionneusement vers le boulevard Montparnasse, les mains crispées au fond de ses poches. Il marche le long des vitrines afin d'éviter les passants qui courent et hésite lorsqu'il doit traverser un passage clouté. Par moments, il sent ses jambes se dérober sous lui et sa tête tourner. Son regard se trouble, des tremblements parcourent son corps et l'angoisse lentement reprend sa place au creux de lui-même. Il s'arrête alors quelques instants et d'un geste tendre effleure la lettre d'une caresse.

Il a choisi un restaurant italien, modeste et désert de la rue Péguy. Épuisé, il s'est affalé sur une chaise dans un coin sombre de la salle, un peu en retrait des autres tables. Un long moment s'est écoulé avant qu'il puisse regarder autour de lui et dérouler intérieurement le film de sa journée. Il se sentait fort d'une conscience irréprochable; aujourd'hui, il avait écrit sans perdre une seconde.

Il sourit puis sortit ses cigarettes et son briquet de sa poche. Non, ne pas lire la lettre tout de suite. Il n'est à la disposition de personne. Son regard erra d'un bout à l'autre de cette salle aux murs bruns et décorés de mauvaises reproductions de peintres italiens. Il alluma une cigarette, étendit ses jambes et se mit à jouer avec une fourchette. Qu'avait-il écrit? Il ne parvenait pas à se souvenir des pensées qu'il avait figées sur le papier, pas un seul mot, pas une seule phrase, pas même une image ne lui revenait en mémoire. D'un geste agacé, il écrasa sa cigarette sur le sol et chercha désespérément une bribe du récit où se raccrocher. Rien. De nouveau, un blanc s'interposait entre le souvenir de cette journée passée à écrire et le moment présent, de nouveau il n'en restait plus aucune trace. Alors... A-t-il dormi, a-t-il écrit, mais qu'a-t-il donc fait aujourd'hui?!

Un voile de doute et d'inquiétude déformait son visage et un tic nerveux agitait régulièrement sa paupière droite. « Je dois savoir, il faut que je retourne chercher les pages », pensa-t-il brusquement et déjà il s'apprêtait à se lever lorsqu'un adolescent brun au regard calme et assuré lui tendit la carte avec un geste si confiant que Gene en fut ému, troublé. Stupéfait par cette beauté sereine et ces paroles implicites de réconfort, il tendit la main vers l'adolescent et volontairement ou non, effleura son bras en prenant la carte. Le garçon sourit puis se détourna et disparut... Gene baissa la tête.

Ces pages, je dois les retrouver, pensait-il en

parcourant sans le lire le menu à vingt-deux francs, elles sont bien quelque part... Cette douleur dans ma main, cette courbature dans mon dos, ces traits de stylo sur mon poignet... Ce ne peut pas être seulement un rêve! Un brusque sursaut de colère le poussa à balayer la table du bras. Il s'immobilisa. À travers le bruit de porcelaine brisée, il avait entendu la voix cruelle et impitoyable de sa réalité.

– C'est pas grave, je vais ramasser ça en deux secondes... vous inquiétez pas, c'est pas grave, faut pas vous désoler pour ça, deux secondes je vous dis...

Déjà, l'adolescent balayait rapidement le sol. Gene sursauta puis l'observa d'un air gêné. Il aurait voulu le prendre dans ses bras, lui demander de réparer sa vie dechirée aussi prestement et aussi habilement qu'il réparait sa maladresse, lui dire... lui dire...

– Voilà, vous voyez bien, c'était rien du tout...

Il courut ranger le balai et revint aussitôt vers lui avec un bloc et un crayon dans la main.

– Qu'est-ce que vous prenez, le menu?

Le moindre de ses gestes, le moindre de ses regards est empreint d'un charme irrésistible, pensa Gene, un charme envoûtant...

– Non? Le menu vous plaît pas?

Et pourtant, il y a une sorte d'insouciance en lui... comme si tout était toujours très simple... Une insouciance mais aussi un soin particulier, une attention méticuleuse apportée au plus insignifiant de ses actes, à la plus banale de ses paroles...

– À part le menu, y'a que des spaghettis...

Gene se retourna vers lui et avec un sourire demanda :

– Et toi, qu'est-ce que tu as mangé ce soir?

Étonné, l'adolescent ouvrit les lèvres pour répondre mais seul un rire franc et clair jaillit de sa gorge.

– Pourquoi vous voulez le savoir?

– Pour... je prendrai des spaghettis.

– Tomate, fromage, jambon?

Il aurait voulu être encore capable de jouer, de feindre l'indécision pour le retenir quelques instants de plus mais à quoi bon...

– N'importe...

Le garçon se détourna vers la cuisine en criant des mots d'italien. Avec une pointe d'amertume, Gene regarda son corps mince et nerveux se faufiler entre les tables puis de nouveau les pages reprirent leur pouvoir sur lui; « je les ai certainement laissées sur le bureau... À moins que je ne les aie rangées dans la chemise bleue... Si seulement je me souvenais de ce que j'ai écrit, je pourrais penser à la suite, je pourrais préparer les phrases du deuxième chapitre de la deuxième partie... car j'ai sans doute fini entièrement le premier chapitre... Combien de feuilles ai-je remplies, combien de lignes ai-je tracées? Après tout, quelle importance de savoir ce que j'ai raconté, des rêves sans doute... des rêves sans histoire... »

L'adolescent revint et posa devant lui une platée de spaghettis noyée de sauce tomate. Gene fixa les yeux sur cette tache rouge et luisante, sur ces fils entremêlés d'où coulaient des traînées encore chaudes de sang... Il hésita un long moment avant de prendre la fourchette et d'avaler la première bouchée. Un goût âcre se répandit dans sa gorge et son estomac sursauta, de suprise ou peut-être de dégoût. Mais le souvenir de sa faiblesse et la crainte de la sentir à nouveau s'abattre sur lui le persuada de finir le meurtre et d'effacer toute empreinte sur le cadavre désormais froid de l'écrivain génial.

A la grande déception de l'adolescent, il ne commanda pas de dessert mais seulement un café. Puis, il alluma une cigarette, sortit l'enveloppe blanche et la tourna entre ses mains, indécis... L'ai-je fait assez attendre? Je pourrais ne pas ouvrir sa lettre, ne pas me soucier des reproches qu'il n'a sans doute pas manqué de me faire, l'oublier, devenir indifférent à cet homme qui malgré son air aimable ne pense en réalité qu'à m'empêcher d'écrire... qu'à tuer définitivement mon talent... Oui, je vais l'ignorer. Que m'a-t-il apporté, que peut-il donc m'apporter? Rien. Il veut me dérober mes phrases, me convaincre d'abandonner...

Sa main hésitante caressait l'enveloppe posée sur la table. Le regard vert se décalqua soudain sur la surface blanche, mêlé aux lettres de son nom; Gene Carl. D'un geste impatient, il saisit alors la lettre, la décacheta nerveusement et se jeta sur les mots :

« Gene,

« Je n'ai pas compris, pas deviné, pas su lire à travers toi. Mais tu ne m'as laissé ni le temps ni l'espace pour apprendre à te connaître. Où es-tu, que fais-tu, à quoi penses-tu? Reviens, j'ai besoin de toi, reviens, je t'attends.

« Prisca. »

« P.-S. – 77, rue de Varennes. »

Il replia soigneusement la lettre et la remit dans l'enveloppe. Les mots revenaient avec des intonations rauques, éveillant en lui un désir brusque et violent. « J'ai besoin de toi. Je t'attends. Apprendre à te connaître. Reviens. » Déjà il imaginait Prisca, allongé sur le lit, une cigarette à la main et le regard fixé avec nostalgie sur la peau de tigre... Prisca, seul avec le tic-tac du réveil se traînant et emplissant sa tête de coups douloureux, réguliers, imperturbables... Prisca, obsédé par le silence... Ce silence que même la musique stridente de la radio ne parvient pas à étouffer... Mon absence le torture... Cette absence que même le souvenir est impuissant à combler... Il attend... Il attend que l'écrivain ait terminé son travail du jour, il attend que l'artiste daigne sonner à sa porte... Il m'attend, moi.

Un dernier regard amoureux sur l'enveloppe blanche, une dernière caresse sur les lettres de son nom et Gene se précipite vers la main rêvée qu'il croyait avoir perdue.

Grisé d'une énergie nouvelle, il court de toutes ses forces vers le métro. Un doute s'est infiltré en lui, insinuant que Prisca s'est joué de lui, qu'il est trop beau pour se languir après un Gene fou et obsédé, que déjà sa porte est close et son amour donné à un autre... Il trébuche, tombe, se relève puis reprend sa course, poussé par une angoisse soudaine croisée au fil d'une histoire trop belle.

Essoufflé, il a frappé trois coups contre la porte et attendu quelques instants, partagé entre l'inquiétude et l'espoir. Prisca est apparu avec une expression lointaine, absente, ne semblant pas réaliser... Moment de doute, d'angoisse... Puis leurs regards se sont croisés, comme figés par la même certitude, un sourire a éclairé leurs visages et ils se sont enlacés.

6

Assis devant la table en verre fumé et le regard fixé sur la peau de tigre, il attend, le stylo à mi-chemin de son visage et du papier, que les images affluent dans son esprit. Il est seul mais la présence de Prisca imprègne la pièce; sur ce cendrier qu'il a choisi, sur cette statue qui l'a charmé, sur cette chemise bleue qu'il portait hier, à travers l'odeur fraîche de son parfum... Ce soir, il reviendra. Il parlera de tout et de rien, de choses sans importance peut-être, mais simples et sans prétention, de ces détails futiles et amusants et puis aussi d'espoir, de rêve, d'amour...

Sans hâte, Gene aligne les phrases les unes derrière les autres. Il ne sait plus quel chapitre il écrit, ni ce qu'il y avait avant et ce qu'il y aura après, mais c'est pour lui sans aucune importance. Sa satisfaction ne tient qu'à l'image de cette main traçant inlassablement des caractères sur une feuille blanche mais l'idée du livre en lui-même ne le préoccupe plus ou plutôt, dans son esprit, ce livre est déjà publié et reconnu. Fantasmes et délires lui sont désormais permis, sa folie n'est plus une tare mais un privilège.

La phrase s'interrompt, il se lève et se met à marcher autour de la table, les mains croisées derrière le dos et le front soucieux. Mais ce n'est qu'une attitude, qu'un masque destiné au regard de Prisca qu'il sent posé sur lui. Il ne réfléchit plus, ne pense pas. S'il trouve les mots, c'est par habitude, par le simple jeu d'un mécanisme qui marche encore grâce à un habile système de déclenchement agissant à retardement. Il s'arrête devant la fenêtre en croisant les bras sur sa poitrine. « C'est le moment crucial de l'histoire... » Faussement anxieux, il va s'asseoir sur le canapé, caresse la peau de tigre, ouvre un magazine, le repose. « Cette scène doit être parfaite... » Sa gorge est sèche. « Il y a sans doute du jus d'orange au Frigidaire... Oui, c'est une idée, l'arme du crime sera du jus d'orange... avec un peu d'arsenic, bien sûr... », dit-il à voix haute en se dirigeant vers la cuisine.

Quatre heures. Il fume une cigarette en sirotant son jus d'orange. « Je dois créer une atmosphère telle que le crime soit la seule issue... Prisonnier de son labyrinthe d'angoisses, le personnage après s'être brisé la tête contre les murs se trouvera face à la nécessité de... TUER... Il faudrait une écriture rapide et uniquement descriptive, pas de parenthèses, pas de digressions... Un style sec, musclé... Du suspens... Oui, je le sens, je l'ai, vite, il faut que je l'écrive! » Il se précipite vers la table en renversant son verre, s'empare du stylo, regarde la feuille... « Un crime? De quel crime s'agit-il? Non, vraiment, je ne vois pas... Et puis, je ne suis pas Simenon après tout! Bien sûr, dans Shakespeare aussi il y a des empoisonnements mais enfin... Pourquoi faut-il que je décrive un meurtre? Dans les rêves, les personnages indésirables disparaissent comme par miracle, on n'a pas besoin de se torturer l'esprit à préparer des alibis, des témoins, des faux papiers, toutes ces choses horriblement terre à terre... Non, c'est une idée stupide! Stupide! » D'un geste agacé, il lance le stylo à travers la pièce et crie le mot « stupide » en frappant hystériquement ses poings sur la table. « Où en étais-je? Où sont les phrases? » Dépité, il écoute la question, brusquement paralysé. « Les phrases? » Le tic-tac du réveil... Quatre heures et demie... « Non, c'est impossible, j'avais fait le plan dans ma tête, j'avais tout prévu, tout pensé, l'arme du crime était parfaite, la tension suffisante, l'écriture entraînante, un passage sublime...! Où sont les phrases? Sur la feuille! Quoi? Un dessin? Qu'est-ce que ça veut dire?! Un dessin? Qui a osé dessiner sur ma page?! Qui?! Moi? Non, c'est une hypothèse tout à fait stupide! Stupide! »

Silence. L'aiguille du temps se balance de droite à gauche dans ses pensées confuses où se profile la silhouette fière de l'angoisse. Figé par la crainte et l'espoir, il attend que la seconde, la minute, l'heure, la vie s'écoule... Le visage de Prisca, où est le visage de Prisca? Le mur blanc a disparu, la chambre impersonnelle est oubliée, le décor où l'imagination ne pouvait se graver est loin... alors... Pourquoi l'angoisse se montre-t-elle? Pourquoi Prisca est-il parti? Pourquoi est-il de nouveau seul au bord du vide, d'une mort qui s'approche?

Il ne peut plus rester ici! Tout est de la faute de Prisca, sa présence implicite le gêne et le détourne perpétuellement! C'est insupportable! Il savait que c'était un piège, qu'il lui volerait ses phrases et l'empêcherait de terminer son chef-d'œuvre! Il le savait!

Furieux, il a enfilé sa veste et a claqué violemment la porte derrière lui.

Il a couru jusqu'au boulevard Raspail et longe maintenant le boulevard Saint-Germain d'un pas lent et machinal. Sa colère est tombée, il ne ressent plus qu'une lassitude et un découragement sans fond.

Il n'aurait pas dû quitter son refuge en blanc et noir où se pavanait le néant avec des airs de roi mais où errait encore le fantôme de l'écrivain qu'il cherche en vain dans le regard de Prisca. Il n'aurait pas dû trahir le mur silencieux, ni la feuille au sourire ironique, ni le clavier au visage de défi... Comment a-t-il pu s'imaginer que deux amours aussi différents et aussi exclusifs étaient possibles dans une seule vie? Une vie qui n'a que l'apparence d'être une vie, une vie d'habitudes, une vie nourrie de rêves modelés sur la forme de ses désirs... Les mots se dérobaient? L'imagination les remplaçaient... L'histoire était banale? Il la rendait merveilleuse... Le personnage ne voulait pas l'aimer? Il le transformait en démon... Mais tout est tellement différent maintenant que Gene se heurte au mur d'une réalité inconnue et trop longtemps ignorée, tout est tellement différent maintenant que Prisca s'est glissé entre lui et son univers imaginaire... Il ne peut plus rayer, barrer, modifier l'âme de celui qu'il aime, il est devenu impuissant devant l'assurance et la fierté de ce nouveau personnage. Ses paroles le déroutent, ses gestes le surprennent mais ses sourires le charment et ses regards le fascinent. Les barreaux de sa prison ont une apparence moins sinistre mais une réalité tellement plus obsédante.

Il arrive place Saint-Michel. Anéanti, désespéré, il s'assied sur le rebord de la fontaine. Le ciel est gris et couvert de nuages aux formes agressives, menaçantes... Un ciel morose qui n'a plus que sa douleur à crever pour pouvoir mourir, pense-t-il. Il se redresse, effleure l'eau d'un geste furtif. Son visage est là, second reflet de lui-même qu'il détaille avec attention. Ces yeux, ces lèvres, ce front, ce visage ne lui appartiennent pas, cet homme, il ne le connaît pas.

La voiture de Prisca était garée au coin de la rue de Bellechasse. Gene sourit, heureux à l'idée d'être celui que l'autre attend, et s'arrêta dans un café pour faire durer ce moment de certitude.

Accoudé au comptoir, il repensait avec un peu d'exaspération aux spectacles érotiques où Prisca l'emmenait maintenant presque tous les soirs. La première fois, il n'avait pas osé refuser, de peur de paraître hypocrite ou tout simplement de peur que Prisca n'y aille seul et ne revienne avec quelqu'un. Désormais, Prisca lui annonçait le nom du spectacle qu'il avait choisi sur un ton sans réplique. Gene, ne tenant pas à être pris pour un être docile et influençable, en proposait régulièrement un autre mais en réalité, il savait que sa victoire était illusoire; il n'avait aucune envie de voir pendant deux heures des filles se déshabiller, gémir et crier tandis que des garçons se battaient avec des chaînes ou des fouets pour finir par se masturber sur scène, que ce soit place Pigalle, rue des Innocents ou rue Saint-Denis. Il avait l'impression que Prisca voulait ainsi lui signifier ou que ses fantasmes, d'enfant impubère l'ennuyaient profondément, ou que ses attraits physiques n'étaient vraiment pas excitants. Alors, il tentait d'échanger les rôles, de prendre l'attitude de celui qui domine et non de celui qui subit; il aguichait les danseurs dans les coulisses, insultait les femmes en plein spectacle, se faisait exhibitionniste dans les moments les plus imprévus puis riait du décontenancement de Prisca. Mais à l'intérieur de lui, son amour déjà se teintait de lassitude ou plutôt prenait un autre nom; celui de sexe.

D'un geste agacé, il vida son verre de vin et sortit du café. Aujourd'hui, il refuserait carrément de passer la soirée à bâiller d'ennui devant des seins, des cuisses et des pénis. Il dirait que son chapitre n'était pas terminé, qu'il devait absolument le finir, que ses facultés créatrices ne pouvaient pas attendre jusqu'au lendemain, il dirait... Jurant tout haut, il commença à monter l'escalier. « Tu n'es qu'un pervers, un obsédé! Tu tues la poésie de l'amour, tu ne comprends rien et moi j'en ai marre! Marre, tu entends?! » Il arriva au troisième étage et rageusement tourna la clé et ouvrit la porte. Répétant intérieurement ses insultes, il longea le couloir, les poings serrés et le visage crispé de colère. Lorsqu'il releva la tête, il était au milieu du salon devant Prisca assis avec un sourire derrière la table en verre fumé. Une lueur de crainte passa dans son regard tandis que ses yeux fixaient les feuilles entassées près des mains de Prisca.

– Tu les as lues? demanda-t-il d'un ton faussement détaché.

– Non, j'attends que tu aies fini.

– Qu'est-ce que tu veux dire? Je n'écris pas assez vite?

Malgré ses résolutions, sa voix devenait anxieuse et implicitement quémandait un réconfort.

– Je suis seulement impatient de découvrir ton talent au fait de sa maturité, c'est normal, non? dit Prisca en se levant pour aller prendre une cigarette.

– Tu m'exaspères avec ta perpétuelle ironie! hurla Gene, crispé.

– Je ne suis pas du tout ironique, mon cher, et laisse-moi te dire que c'est toi qui es exaspérant avec ta maudite susceptibilité d'artiste!

Gene baissa la tête et se mit à tourner autour de la table, le regard rivé sur ses feuilles griffonnées de dessins maladroits. Une colère sourde monta en lui puis après, ce fut simplement le découragement, ou le dégoût, quelle importance, pensa-t-il.

– Mais cette susceptibilité n'est pas sans charme, ajouta Prisca d'un ton doucereux en venant s'asseoir sur le canapé près de Gene.

– La flatterie maintenant...

– Bon, parlons de choses sérieuses. Il paraît que le spectacle « French Kiss » est ab-so-lu-ment génial!

Machinalement et presque sans s'en rendre compte, Gene répéta la phrase qu'il avait tournée et retournée en tous sens dans ses pensées depuis la veille :

– Tu n'y connais rien, mon cher, c'est médiocre. « Rip off » à l'Élysée-Montparnasse est d'une qualité incomparable.

– Huit heures et demie ou neuf heures?

– Huit heures et demie, répondit Gene d'une voix lasse.

Un jeune garçon apparaît sur la scène. Les yeux fixés au-delà du public, il s'avance lentement en balançant les hanches. Des chaînes entourent son torse à moitié recouvert d'un blouson de cuir clouté et ses jambes sont moulées dans un pantalon de Skaï noir et luisant. Il s'immobilise quelques instants, offrant son corps aux regards avides des spectateurs puis soudain se met à danser en détachant les chaînes de sa poitrine et en les heurtant les unes contre les autres, bruit violent et agressif qui retentit dans le silence du théâtre.

Une musique jaillit et un autre homme s'avance, plus âgé et habillé du même costume. Il commence à danser derrière le jeune garçon en mimant des gestes d'amour et saisit quelquefois les chaînes qui ne cessent de tournoyer dans l'air. La musique s'amplifie, un cri s'élève, rauque et répété. Un défilé de filles aux ventres bardés de sangles de cuir surgit des coulisses et s'éparpille sur la scène. Les deux hommes continuent à danser, les filles ont formé un cercle autour d'eux et se caressent entre les chaînes qui volent toujours. Gémissements de plaisir, les corps se mêlent, s'emmêlent, cris d'extase, les...

Gene a détourné les yeux de la scène et soupire. Prisca est immobile et dans l'ombre, Gene devine les lèvres pincées et les rides de la bouche, signes chez Prisca d'une profonde concentration. Il soupire de nouveau dans l'espoir d'attirer l'attention de Prisca mais tout semble vain pour détacher son regard de la scène. L'image de la main courant sur le papier passe, ironique, et la menace cruelle des mots retentit entre les râles de plaisir. Ses doigts s'agitent nerveusement, sa gorge se serre... Et le désir soudain de caresser le papier le précipite brusquement dans un trou noir où tout devient objet de haine.

D'un geste impatient, il secoue le bras de Prisca, lui fait signe de le suivre et rapidement se dirige vers le couloir circulaire qui longe la salle.

– Je m'en vais. J'ai une idée géniale et je ne peux plus attendre pour l'écrire.

– Tu peux très bien l'écrire ici, j'ai du papier et un...

– J'ai besoin de calme et de silence!

– Mais tu ne vas pas rater la fin du spectacle!

– Reste, moi je m'en vais!

Gene sourit, lui fait un signe de la main puis disparaît dans l'escalier. Il entend vaguement les insultes que Prisca lui lance avant de retourner s'exciter devant ses chaînes et ses sangles de cuir.

La nuit est noire, impénétrable malgré les enseignes lumineuses des cinémas et les projecteurs multicolores des cabarets. Gene marche, les mains au fond de ses poches et la tête obstinément baissée sur ses pieds. Des bribes du spectacle reviennent devant ses yeux, le troublant d'un sentiment obscur où se mêlent la rage, la colère et le dépit tandis que la voix contrariée de Prisca répète : « Tu ne vas pas rater la fin du spectacle! » « Oui, il attache plus d'importance à une pute qui se contorsionne qu'à toi! Tu ne représentes rien pour lui, il veut seulement qu'on le prenne pour un séducteur traînant son gigolo derrière lui! » Gene lance un coup de pied dans une boîte de conserve puis s'arrête pour écouter le bruit de la ferraille heurtant les grilles de sa prison.

Place Clichy. Il passe devant le Wepler, évite une putain qui se dirige vers lui, regarde d'un air dégoûté l'affiche d'un cinéma porno et lentement continue à marcher. Une question tourne dans son esprit, obsédante : « L'idée géniale, où est l'idée géniale? » Il avait quelque chose de très important, d'essentiel à dire au papier... Une chose qui l'avait poussé à quitter Prisca et à se précipiter dans la rue à la recherche d'une feuille et d'un stylo... « Et tu traînes place Clichy comme un détraqué sexuel, tu traînes alors que ton chapitre n'est pas fini et ton chef-d'œuvre abandonné sur un coin de table... » Désespérément, il cherche l'idée, quelle était donc l'idée, l'a-t-il vraiment perdue? « Ne t'énerve pas, réfléchis... Elle t'est venue dans la salle du théâtre... » Il revoit le profil figé de Prisca, les deux hommes, les filles nues... Rien. Il ne se rappelle rien. « Si tu ne t'en souviens pas, elle était sans doute insignifiante... » Des phrases lui parviennent à travers des bruits confus, klaxons, moteurs; « Deux cents francs pour une passe », « Allez, viens, tu seras pas déçu », « Non mais t'as vu cette fille?! », des phrases qui se mettent à tourner de plus en plus vite entre ses espoirs bafoués et ces gens qui courent, formes noires, foule grouillante, insectes de sa mort, milliers de caractères qui se sont dérobés sous ses doigts...

Et brusquement, l'angoisse l'aveugle, il court vers le métro mais le métro lui aussi est noir et terrifiant... Il sent déjà le contact répugnant sur sa peau, vite, un taxi, la foule s'agite et menace de le lyncher, les chaînes volent autour de lui, une lame de couteau lui déchire le bras! « Taxi! », il tremble tout en courant au milieu de la chaussée et la nausée, le dégoût, l'angoisse pénètrent son corps, sans cesse plus pervers, sans cesse plus douloureux... « Taxi! » La voiture accélère, un rire sarcastique s'élève, « aidez-moi, ils vont me tuer », un coup de fouet claque, un cri transperce sa gorge, désespérément, il se précipite vers le panneau « station de taxis », se jette sur le siège et d'une voix étranglée crie l'adresse de Prisca au chauffeur.

Couché à plat ventre sur le lit, un bloc tout neuf devant lui et le stylo tournant entre ses doigts, il attend que son idée revienne. Mais comment la reconnaître parmi toutes les autres, comment être sûr que c'est celle-ci et non une autre, celle en bleu et non celle en mauve? Le blanc l'observe et sa main gémit, le vide sourit et la feuille, ironique, chantonne un refrain vieilli : « Il n'y a que le rien dans son âme et le néant dans son rien... » Cette idée était si extraordinaire qu'elle l'a littéralement foudroyé, seulement voilà, elle est comme les phrases, aussi capricieuse... Il faut l'attendre, la supplier de bien vouloir revenir, lui promettre des robes et des bijoux... « Il n'y a que le rien dans son âme et le néant dans son rien... » murmure Gene en traçant des courbes sur la feuille avec un sourire enfantin. Lentement, sa main relâche son étreinte, ses paupières tombent, ses bras se couchent sur le bloc toujours vide de mots et sa tête tendrement se pose sur les phrases imaginées. Il rêve. Il rêve qu'il écrit. Son poignet court fébrilement sur le papier, figeant avec précision et exactitude chaque détail insignifiant de sa vie et transformant sa banalité en merveilleux... Les pages se couvrent de caractères, les feuilles écrites augmentent, le livre avance et dans une heure à peine sera terminé... La couverture sera noire et les lettres du titre *L'Ensorcellement* blanches ainsi que celles de son nom; Gene Carl... On lui décernera le prix Nobel, le couvrira de louanges et d'argent, lui réservera des suites dans les hôtels les plus célèbres du monde, lui proposera toutes sortes de contrats et de voyages... Mais il préservera son mystère, s'achètera un appartement sous un pseudonyme, s'enfermera dans une chambre aux murs peints en noir et uniquement meublée d'une table, d'une chaise et de machines à écrire de toutes les tailles et de toutes les marques, il fera attendre des heures entières les journalistes devant sa porte en hurlant que l'art ne connaît pas le temps et les couvrira d'insultes lorsque, enfin, la voix lancinante du clavier demandera le silence... Il se lèvera tous les jours à quatre heures du matin et commencera à écrire à quatre heures et demie. Bien sûr, pour les interviews, il n'en accordera que le dimanche à six heures du matin au moment où il s'arrêtera de travailler quelques instants pour boire son deuxième café de la journée. Quant aux photographes, ils seront systématiquement rejetés par les gardes du corps postés en permanence devant sa porte... Évidemment, tous chercheront à percer le mystère de l'écrivain et à faire le premier « papier » révélateur sur Gene Carl, mais jamais personne n'aura cet honneur...

Un courant d'air froid s'infiltre par l'interstice des carreaux de la fenêtre et l'oblige à ramener ses jambes contre son corps et à remonter son pull sur ses épaules et sa nuque. Mais la fenêtre s'ouvre brutalement et, d'un bond, Gene se redresse et court la refermer. Il se retrouve dans sa réalité, dans ce salon comme tous les autres ou peut-être un peu moins banal, avec un bloc neuf et vide où seules quelques courbes sans forme sont tracées... Dépité, il regarde cette surface blanche et répète plusieurs fois tout haut d'un air hébété : « Je croyais pourtant que mon livre était fini... j'avais écrit les 2ᵉ, 3ᵉ, 4ᵉ, 5ᵉ et 6ᵉ chapitres, il ne me restait que l'épilogue... » Nerveusement il saisit le bloc et en tourne les pages

« où sont les phrases? Il y a deux minutes à peine, elles étaient encore là! » Il secoue ses feuilles comme pour en voir tomber ses phrases, il déchire, arrache mais rien ne jaillit de ce vide! Rien! Qui lui a volé son livre?! Qui? Il le frappera à coups de couteau, il le frappera jusqu'à ce qu'il vomisse ses mots!

Blotti contre le mur, il scrute le noir afin d'y découvrir la forme d'un corps ou l'éclat d'un regard. Tremblant de colère, les muscles tendus et prêt à bondir sur le voleur, il guette, tend l'oreille pour situer la cachette de l'ennemi... La fenêtre claque, il sursaute, des pas dans l'escalier et il bondit vers la porte, le bras levé et la haine dans les yeux. Sa main lui apparaît rougie, fripée... A-t-il dormi et rêvé ou a-t-il écrit? Il voudrait cracher cette douleur qui l'a soudain saisi à la gorge mais seules les larmes coulent et comme un animal meurtri par le fer impitoyable du piège, il se laisse tomber sur le sol.

La porte s'ouvre, Prisca entre et tourne l'interrupteur. Sans comprendre, il regarde le corps de Gene roulé en boule, inerte.

– Qu'est-ce que tu fais là?

Lentement, Gene ouvre les yeux. Il voit les pieds de Prisca, semble brusquement comprendre que le danger est passé...

– Je m'étais endormi...

Il se relève. Son visage trahit toute la honte provoquée par cette nouvelle humiliation.

– Tu as réussi à l'écrire, ton idée géniale? demande Prisca d'un ton ironique en se dirigeant vers le salon.

– Bien sûr! Cent pages!

– En tout cas, tu as raté le meilleur du spectacle. Il y a eu des danseurs indiens absolument fabuleux!

La honte s'efface de ses yeux, la colère revient.

– Tu as eu un rendez-vous?

Prisca s'immobilise. Son visage est dur, froid.

– Évidemment! Et quel rendez-vous mon cher!

– Dans ce cas, pourquoi es-tu revenu? Sans compter que c'est très désagréable de partir tout de suite après, tu ne trouves pas?

– Surtout lorsque c'était aussi réussi.

– Il t'a pris cher? Si c'est dans mes prix, je pourrais peut-être aller racoler son petit frère demain soir.

– Si tu veux me mettre en colère, c'est raté.

– Je ne veux rien du tout.

– Alors tais-toi, nom de Dieu!

– Ah! Enfin, tu réagis!

– Merde, fous-moi la paix!

– Comment il était? Qu'est-ce qu'il t'a fait? Il t'a fouetté, battu, c'était mieux ou moins bien? Et vous l'avez fait où? Dans une voiture, dans une loge ou sur la scène? C'était par défi ou par plaisir? T'as joui ou t'as dégueulé? T'as dégueulé alors il s'est barré, c'est ça?

– Ta gueule!

Prisca lève la main puis avec un sourire moqueur se détourne. « Tu n'en vaux même pas la peine », semble dire son geste.

– Tu lui as au moins payé un verre, non? Et puis, comme vous n'aviez pas vraiment envie de vous séparer vous avez recommencé, c'est ça, dis-le?!

Gene a senti le poing s'abattre sur son visage. Il a gémi.

Il s'est réveillé à six heures, l'œil meurtri et les cils collés. Il est allé se rincer les mains et la figure sous l'eau froide puis s'est assis devant la table avec le bloc vide sous les yeux. Prisca dormait, étendu de tout son long sur le lit et complètement nu. Gene détourna son regard et se mit à réfléchir.

Quinze pages. Seulement quinze pages écrites pour la deuxième partie. Il en faut au moins cent, cent est un minimum. Quinze pages en...? Combien d'heures, de jours, de semaines? Il ne sait pas, le temps aussi s'est brouillé sous sa main. Tout l'a quitté. De nouveau, il est seul, seul car Prisca n'est qu'un masque, une apparence et, qui sait, peut-être un rêve...

Le stylo tourne dans sa main et le réveil tictaque régulièrement. Ses yeux reviennent sur le corps de Prisca, ce corps qui le surveille et le juge.

Il ne peut pas écrire. Il se lève, va préparer du café à la cuisine et allume une cigarette en attendant que le bruit de la cafetière s'arrête. Quelques instants plus tard, il s'avance vers la chambre, une tasse dans une main et un cendrier dans l'autre. Soigneusement, il les pose sur la table, aligne une rangée de crayons autour du bloc. Hésite un long moment avant de choisir le stylo. Très important le choix du stylo. Six heures et demie. À sept heures, Prisca se lèvera et partira travailler. Peut-être fera-t-il semblant d'avoir oublié ou peut-être le regardera-t-il avec ces yeux froids et indifférents... Il regrette ce qu'il lui a dit... les mots sont sortis sans qu'il le veuille, il n'était pas vraiment conscient... Un brusque remords s'abat sur lui tandis qu'il avale la première gorgée. D'un geste sec, il vide sa tasse puis sort de l'appartement en refermant doucement la porte derrière lui.

– Prisca... murmure Gene, Prisca... Il est sept heures, le déjeuner est prêt...

– Hein?

Prisca remue paresseusement, s'étire, regarde Gene d'un air étonné et indécis.

– Je voulais te dire...

– Des croissants! C'est toi qui es allé les chercher?

– Je voulais te dire... pour hier... Je regrette...

– Tu n'aurais pas dû te déranger même si j'adore

les croissants, l'interrompit Prisca en se versant une tasse de café.

– C'était con et mesquin...

– Tu as déjà déjeuné?

– C'est ce spectacle qui m'a mis de mauvaise humeur...

– Écoute, oublie ça et sers-toi une tasse de café.

– Mais il faut en parler puisq...

– Il est trop fort, ton café.

Gene baissa la tête. Morose, il commença à mâcher un croissant. Il aurait voulu des excuses, des pardons, des promesses ou un nouvel affrontement, tout mais pas cette fin médiocre et frustrante.

– Tu viens déjeuner avec moi à midi?

– À midi? Je ne peux pas. J'écris jusqu'à neuf heures du soir aujourd'hui.

– Tu en as pour dix minutes à pied d'ici au restaurant. Je t'assure que tu perds autant de temps en mangeant ici.

– Non, je préfère travailler.

– Comme tu veux. Ce soir alors. On m'a parlé d'une boîte de nuit qui vient d'ouvrir, dit Prisca d'un ton détaché en se levant pour ramasser ses vêtements.

Il se retourna vers Gene puis disparut dans la salle de bains.

Il en ressortit quelques instants plus tard, jeta un regard sur Gene toujours assis sur le bord du lit et partit.

Il restait un morceau de croissant dans le sac en papier. Il le prit, le mangea lentement et lorsqu'il l'eut fini, rapporta le plateau à la cuisine. Il retapa le lit, vida les cendriers, passa l'aspirateur puis s'assit devant la table, le bloc entre les mains. Longuement, il regarda la feuille, le stylo puis un crayon Faber Castell made in Germany. Sa mine était cassée. Il chercha un taille-crayon dans le tiroir, n'en trouva pas, finit par aller prendre un canif à la cuisine. Il eut peur de se blesser et d'un geste sec referma la lame dans le manche.

Il alluma la radio, tomba tour à tour sur un reportage sportif, un opéra italien et une émission S.O.S. pour femmes en détresse devant la vaisselle et le ménage à faire. Il éteignit le poste et revint s'asseoir devant le bloc.

Son regard erra sur la bibliothèque. Proust, Sartre, Merleau-Ponty. Il soupira. Le blanc l'observait. Il se leva, s'approcha des étagères, finit par trouver un S.A.S. qu'il ouvrit en s'allongeant par terre, inexplicablement soulagé.

A neuf heures moins dix, il remit soigneusement les deux romans policiers qu'il avait lus sur les étagères de la bibliothèque et revint s'asseoir devant la table. Il ouvrit un dictionnaire et recopia avec application plusieurs définitions; hétérodoxe, hétérogène, hétérogénéité, jusqu'à ce que la page soit remplie. Il alluma une cigarette et attendit.

Lorsqu'il entendit la clé tourner dans la serrure, il reprit le stylo et écrivit : « Prisca arrive, il est huit heures et j'ai travaillé toute la journée... » Il releva la tête, feignit l'étonnement en voyant Prisca entrer et s'exclama :

– Déjà! Je suis prêt dans une minute, je finis ma phrase.

« Il m'observe sans rien dire... »

– Voilà. Je te suis. C'est où, ta boîte de nuit?

– Derrière le Palais-Royal, rue des Petits-Champs.

– Plus chic que Pigalle.

– Tu deviens snob?

– Peut-être.

Gene écrasa sa cigarette dans le cendrier, enfila sa veste.

– Je suis à ta disposition, mon cher, dit-il en souriant.

– Après vous, fit Prisca en lui montrant la porte.

– Et gentleman avec ça!

Ils rirent puis s'enlacèrent.

La salle était petite mais agréable. Les tables étaient disposées en arc de cercle autour d'une scène où un orchestre jouait une musique lente et feutrée. Gene et Prisca s'assirent entre un couple plongé dans la lecture de la carte et deux femmes, silencieuses et figées.

– Ils auraient tout de même pu choisir un autre slogan, dit Gene en allumant une cigarette, « attraction sensationnelle et jamais vue à dix heures », ça fait un peu numéro de cirque, tu ne trouves pas? Et au cirque, tu sais ce que c'est l'attraction sensationnelle et jamais vue?

– Non, répondit Prisca légèrement vexé.

– La plus grosse femme du monde! Cent vingt centimètres de tour de taille et deux cents de tour de poitrine! Regardez, mesdames et messieurs, ces bourrelets extraordinaires et cette graisse qui pend d'un peu partout, n'est-ce pas merveilleux?

– Tais-toi, dit Prisca d'un ton sec.

Gene fit un signe d'acquiescement, sourit ironiquement et se tourna vers les deux femmes qui murmuraient des paroles inaudibles. Il tendit l'oreille, ne parvint pas à suivre leur conversation et continua à fumer sa cigarette d'un air indifférent.

L'orchestre enchaîna sur une valse. Prisca restait immobile, le visage fermé et les yeux fixés sur les mains du violoniste. Après un long moment de silence, il appela le garçon, commanda deux whiskies et demanda à Gene d'un ton neutre :

– Quand penses-tu finir ton livre?

– Je ne sais pas, ça dépendra.

– Tu pourrais te dépêcher. Ce n'est pas tellement difficile, tu n'as que cela à faire de toute la journée.

– Mais enfin, je ne suis pas une machine! Comme si je devais produire un livre dans un laps de temps déterminé!

– Je ne dis pas ça. En tout cas, ta méthode ne semble pas efficace.

– Ma méthode, c'est justement de ne pas avoir de méthode et elle me convient très bien!

– Dans ce cas, comment se fait-il que ton manuscrit ne soit pas encore prêt?

– Ce n'est pas toi qui me paies pour écrire, non?!

– Tu sais, enchaîna Prisca d'un air condescendant, ça arrive à tous les écrivains d'avoir des pannes.

– Parce qu'à ton avis, tu es mieux placé que moi pour savoir si j'ai des difficultés ou NON?

– Je ne serais pas mieux placé si, toutefois, il y avait un livre. Mais c'est là le hic... Il n'y a pas de livre... Tes feuilles sont toujours blanches!

– Parce que tu m'espionnes maintenant!

– Écoute, je ne dis pas que tu es foutu parce qu'en ce moment tu ne peux pas écrire. J'essaie simplement de te faire comprendre que tu dois peut-être changer de sujet, de rythme de travail ou reprendre ton manuscrit à zéro. Si tu ne réagis pas en face de tes blocages, tu n'auras jamais aucune maîtrise d'écriture.

– Maîtrise d'écriture! Qu'est-ce que ça veut dire?! Je ne tiens pas à préméditer mes phrases, à me dire le matin avant de commencer à écrire : aujourd'hui je décris telle et telle situation, tel et tel événement, ça tiendra en dix pages et toutes tes conneries! J'écris comme ça me vient, j'écris avec mes tripes! Le don, c'est quelque chose de naturel, pas un apprentissage!

– Ce que tu ne veux pas admettre, c'est qu'on ne peut pas écrire un livre selon ta méthode. Ça mène à une catastrophe.

– Tu parles exactement comme un vieux critique littéraire aigri!

– Je disais ça pour toi, maintenant, tu en fais ce que tu en veux... dit Prisca pour clore la discussion.

Il prit une cigarette et ignora Gene, amèrement plongé dans sa colère et ses réflexions.

Les gens étaient arrivés, le bruit des conversations avait monté de plusieurs tons et les serveurs couraient entre les tables en portant des plateaux chargés de champagne et d'alcools. Gene buvait son whisky. Ses gestes étaient nerveux, ses mains tremblaient mais ses yeux restaient durs, imperturbables. Prisca commanda le dîner.

– Tu avais raison pour ton premier livre. Il est mort, dit-il d'une voix cinglante.

Le vide, lentement, s'élargissait entre eux.

Ils ne se parlaient pas. Gene fumait cigarette sur cigarette en tartinant du caviar sur des toasts qu'il ne mangeait pas. Il avait l'impression d'être devant un juge et d'avoir depuis longtemps entendu le verdict de son procès. Par moments, l'espoir renaissait en lui; « mais non, Prisca ne peut rien contre toi! Il est terriblement jaloux, voilà tout. Rien n'est foutu, il suffit de te remettre sérieusement au travail, d'ignorer ses sarcasmes et ses allusions... » Mais aussitôt après, il lui semblait entendre de nouveau la voix cinglante de Prisca : « Tu avais raison pour ton premier livre. Il est mort », et le doute s'élevait en lui, le doute, et puis la haine.

Il était dix heures et l'impatience se lisait sur chaque visage. L'orchestre se retira après avoir salué, les lumières baissèrent, le bruit des conversations décrût puis mourut. Un silence attentif s'abattit sur la salle tandis que les regards se fixaient sur la scène.

Brusquement, une musique assourdissante éclata. Une fille blonde jaillit des coulisses, le dos tourné au public. Une robe de lamé or moulait ses hanches étroites qui oscillaient au rythme de la musique et sa chevelure tombait jusqu'à ses reins. Les mains plaquées sur les cuisses, elle reculait lentement vers les spectateurs tout en secouant la tête pour découvrir ses épaules et son dos entièrement nus. La musique s'amplifia et la fille avançait toujours vers le public lorsqu'un cri s'éleva et que la danseuse se retourna avec un sourire éclatant; elle avait les traits de Marilyn. D'un mouvement imperceptible, elle fit glisser sa robe le long de son corps, la tête rejetée en arrière et les mains dans les cheveux. Seules ses chaussures dorées à hauts talons brillaient encore à ses pieds. Elle se mit à caresser son corps hâlé et parfait en jetant des regards aguichants tout autour d'elle, esquissa des pas de danse avec un imaginaire partenaire, fit une souplesse, glissa lentement sur le sol en grand écart latéral, agita un instant ses seins avant de poser ses bras derrière elle et de s'allonger sur le dos, n'offrant plus aux regards que ses jambes complètement ouvertes. Des applaudissements jaillirent. Le rideau tomba.

Un roulement de tambour résonnait dans la tête de Gene. Le présentateur, habillé en clown, crachait son inlassable phrase dans le micro : « Attention mesdames et messieurs et bien sûr mes chers enfants, n'oublions surtout pas les enfants, le spectacle va commencer... Et tout d'abord, voici, selon la vieille tradition du cirque... avec tous les artistes de notre troupe... Le... Le? Le charivari des clowns! » Gene se trémoussa d'excitation sur son banc, le regard rivé sur la piste et les mains blotties entre ses cuisses.

Les marionnettes bondirent des coulisses, costumes multicolores, sauts et pirouettes qui envahirent la piste comme un feu de joie. Deux clowns s'envoyaient des gifles et des tartes à la crème, une petite fille en robe de dentelle tournait en rond avec une ombrelle à la main, un chien aboyait en se jetant entre les jambes des acrobates enchaînant flip-flap et sauts périlleux sans jamais faillir, un violoniste frappait la cadence en éclatant de rire tandis qu'un trapéziste perché huit mètres plus haut se balançait en faisant tournoyer des écharpes de couleur dans l'air... Les yeux de Gene se détachèrent du trapèze pour revenir sur la piste mais déjà le dernier clown du charivari s'avançait en faisant une souplesse. Son costume se déchira et un corps hâlé et parfait de femme en jaillit. La fille sourit, visiblement vexée de cet incident technique, puis fit un geste pour montrer son impuissance et glissa sur le sol en grand écart latéral.

Gene détourna la tête et se mit à observer Prisca. Une lueur d'excitation brillait dans ses yeux. L'être équilibré a besoin de stimulants pour sa libido, pensa Gene. Il demande des fantasmes fabriqués et des rêves déjà construits. Il se croit invulnérable mais il est comme tout le monde. Si je parvenais à trouver ses faiblesses, je pourrais le détruire en l'espace d'un instant...

– C'était vraiment chouette, non?

– Oui, j'adore les clowns.

– Quels clowns?

– Peu importe, tu ne peux pas comprendre.

L'orchestre jouait un slow langoureux et le présentateur invitait les gens à venir danser sur scène. Déjà quelques couples s'enlaçaient lascivement, imitant sans le savoir les mouvements de la danseuse blonde.

– Le champagne est excellent, tu ne trouves pas? demanda Prisca.

– Je préfère le whisky.

– Mais qu'est-ce que tu as? Ça t'a déplu?

– Non. J'étais seulement en train de t'observer et je pensais que tu étais trop beau. Ça me rend morose.

– Merci pour le compliment.

Parler pour combler le silence qui les guette, les menace. Paroles vides qui leur donnent l'illusion de n'être pas tout à fait seuls. Voix indifférentes qui derrière leurs mots réels ne découvrent plus cette complicité cachée sous l'apparence.

Gene allume la dernière cigarette du paquet. « Il ne me comprend pas, il ne m'a jamais compris », pense-t-il. Il mange ses toasts avec une dignité et une élégance feintes comme si le Tout-Paris avait les yeux fixés sur lui. « C'est un étranger. Rien de plus qu'un étranger. » Il revoit la chambre de la rue Vavin, la table noire, le décor sobre et propre, il revoit la pile de gauche qui grossissait tandis que celle de droite diminuait, il revoit le Gene, désormais perdu, penché au-dessus d'une feuille remplie de caractères, le corps errant dans une ville rêvée à la recherche de ses phrases... Un regret lui pince le cœur. Il voudrait rejoindre ce Gene dont chaque geste et chaque regard étaient dédiés aux mots, à ces mots maintenant enfuis, invisibles ou morts...

– Tu viens danser?

Prisca lui prend le poignet, l'entraîne vers la piste. Il se laisse aller dans ses bras, réconforté par cette chaleur, enivré par cette tendresse. Une main se colle sur sa taille, un sourire lui parle, un regard l'écoute. Il donnerait n'importe quel mot pour que ce moment dure toute une vie.

Gene tourne en rond autour de la table, furieux. Il a osé le mettre au pied du mur! « Si tu n'as pas fini dans un mois, je ne pourrai pas publier ton livre. Après, les programmes sont trop chargés. » Qu'est-ce qu'il s'imagine?! Tous les éditeurs vont se précipiter sur l'occasion! Aucun directeur littéraire digne de ce nom ne refusera son chef-d'œuvre! « D'ailleurs, le comité de lecture a été très réticent pour la première partie de ton manuscrit. » Évidemment, ce sont tous des imbéciles dans cette maison, ils n'aiment que les romans policiers ou les histoires à l'eau de rose! « Vraiment, je ne te cache pas que mon estime envers toi est tombée... Je ne mets plus tellement d'espoir dans ton avenir... » Naturellement, lui, à part le sexe...! « Le succès de ton premier livre t'a tourné la tête... » C'est plutôt cet obsédé qui lui a volé son talent, oui! « Il ne tient qu'à toi de retrouver ta modestie ou de changer d'ambition. » Et tout en parlant d'un ton sec et sans réplique, il enfilait tranquillement son costume de tweed en se pavanant devant un miroir! Il l'a jugé! Lui qui n'est capable que de lire les manuscrits des autres et de les critiquer! C'est vraiment trop fort! Pour qui se prend-il à la fin?!

Rouge de colère, il frappe la table de son poing et lance un cendrier à travers la pièce. Le bruit de verre brisé retentit puis brusquement, Gene s'écroule sur la chaise, vidé, découragé.

Il voulait le narguer avec son talent, un talent que Prisca ne possède pas et ne possédera jamais... Il voulait être envié, jalousé, il voulait le posséder, le dominer... Il n'écrivait que dans ce but, qu'avec cet espoir et ce rêve accrochés à ses doigts... Pourquoi ne le peut-il pas? Pourquoi reste-t-il pétrifié sur cette chaise, incapable de réaliser sa vengeance, incapable de tendre la main vers ce stylo?

Le vide lui donne la nausée. Il ferme les yeux,

cherche une phrase. Des images l'assaillent mais les mots se dérobent. Il ne peut pas écrire.

Il relève la tête, soupire. Comme une intruse passagère, la voix de Prisca est partie, il ne reste plus en lui que le doute.

La nuit. Le silence. Et puis l'angoisse.

Les visages se sont enfuis, les mots sont partis sans laisser de traces et la tristesse se pose, cruelle et éternelle sur un corps qui ne demande qu'à mourir. Les murs lui renvoient l'image de celui qu'il a été et qu'il ne sera plus, ils lui font peur. Il n'a pas pu rester le même et cette certitude le torture, défi, menace et promesse d'un vide toujours plus envahissant.

Il ne sait plus. Il a perdu le fil dans un labyrinthe désormais sans issue mais l'espoir traîne derrière son errance et l'empêche d'oublier que la lumière existe, que peut-être, un jour, il l'atteindra. Alors, il reste là, dans la nuit avec l'odeur amère du sang qui se répand.

7

Il remonte la rue Vavin, apercevant sur les façades qu'il longe la silhouette ébauchée d'un Gene déjà lointain et sentant s'approcher à mesure que ses pas le portent vers ce refuge oublié, les souvenirs de ses habitudes monacales traînant derrière eux une sorte de nostalgie sans liens. Il s'arrête un instant devant l'immeuble comme pour retrouver à la vue de cette fenêtre familière un souffle d'énergie nouvelle. Mais déjà son regard s'en détache et de nouveau cherche sur les visages anonymes des passants une étincelle pour vaincre l'indifférence et franchir la distance qui lentement semble s'agrandir entre lui et le monde, entre lui... et Prisca...

Rue Bréa, la pendule de la bijouterie indiquait onze heures. Il lui restait deux heures pour réfléchir à la façon dont il pouvait le retenir et le garder, deux heures de sa vie.

Par chance, il y avait un café juste en face des Éditions LUM. Il s'assit à la terrasse de façon à voir tous les gens qui entraient et sortaient de l'immeuble et commanda un verre de vin. Son attente commençait.

Durant les premières minutes, son regard resta résolument fixé sur le porche mais au bout de ce temps, ses yeux s'embuèrent, son attention s'éparpilla et il oublia la raison de sa venue ici. Il observa un étudiant qui lisait un bouquin de Freud en prenant des notes, une femme qui écrivait des cartes postales, un vieux monsieur qui feuilletait un journal d'un air profondément concentré. Tous avaient quelque chose à faire, tous laissaient le temps s'enfuir sans se soucier de sa durée... Lui, crispé et anxieux, écoutait le tic-tac des heures sans savoir d'ailleurs quel espoir le poussait à vouloir qu'il soit plus tard, très tard, toujours plus tard... Mais le monde se figeait et les aiguilles ne bougeaient pas... Alors il restait là, à attendre, attendre, mais attendre quoi?

Il alla aux toilettes et s'y enferma en pensant que le temps passerait plus vite. Mais sa nervosité l'empêchait de rester en place et il en ressortit presque immédiatement. Il régla sa consommation au comptoir, acheta un paquet de cigarettes au bureau de tabac du coin, traîna devant les vitrines et les cinémas, finit par revenir s'asseoir à la terrasse. Mais les aiguilles n'avaient toujours pas bougé.

Plus désespéré qu'agacé, il commanda un autre verre de vin. L'étudiant lisait toujours, la femme écrivait encore, le vieux monsieur tournait les pages du même journal avec le même geste appliqué. Il soupira, fuma une cigarette, retourna s'enfermer dans les toilettes, laissa trois francs au garçon, remonta la rue Dauphine, erra devant les vitrines et les cinémas. Rien n'a changé, pensa-t-il.

Pour la troisième fois, il s'assit à la terrasse. Et c'est alors qu'il vit Prisca sortir de l'immeuble.

– Tu m'attendais? lui demanda-t-il.

– Oui.

– Ça tombe bien, il faut que je te parle.

C'était trop tard. Tout venait toujours trop tard. Il l'entendit dans le son de sa voix, il le vit sur sa montre dont les aiguilles, inexplicablement, avaient tourné d'un quart de cercle.

– C'est fini, dit Prisca.

– Oui... répondit Gene, c'est fini...

– C'est fini, répéta Prisca d'un ton laconique.

– Je te quitte! Je te plaque, tu entends? Tu m'en as fait trop voir, je ne peux plus te supporter! J'en ai marre! éclata Gene.

Étrangement son visage restait apathique. Il semblait réciter un refrain, le refrain de ces heures perdues peut-être.

– Bon, je peux passer prendre mes affaires?

– Tiens, voilà les clés. Tu les laisseras à la concierge.

– Et si elle n'est pas là?

– Sous le paillasson.

– Ah, c'est étrange, je n'avais jamais remarqué... un paillasson... devant ta porte...

Il ramassa les clés, laissa trois francs sur la table et partit.

Tout est silence, vide, néant, mort. Gene fume une cigarette les coudes sur la table et les yeux fixés sur le ciel gris de cette journée d'hiver. Il ne pense rien. Il ne rêve pas. Il n'écrit plus.

À chaque bouffée, ses doigts caressent ses lèvres comme lorsqu'il hésitait à choisir le mot. Toujours ce mur blanc en face de lui, ce mur qui désormais se tait, ne rit plus, ne sourit plus, ne défie plus. À quoi bon? semble-t-il dire. Cette feuille sur la table, sans regard, sans paroles, et sans charme. Ce stylo dont la forme n'éveille plus aucun désir en lui et dont le corps après s'être prostitué paraît vieilli. Et puis ce vide qui l'enlace, ce vide qui règne, fier et calme sur son âme et sur l'espace de sa misère.

Ce n'est pas le désespoir mais la résignation, peut-être plus terrible encore car elle le laisse vivre alors que plus rien en lui n'existe, elle le laisse vivre sans lui donner la volonté de retrouver l'espoir. Il continue à fumer sa cigarette d'un geste machinal en regardant le ciel car il n'a rien d'autre à faire et rien d'autre à observer. Il continue à attendre que les aiguilles tournent, que les choses changent et que les êtres reviennent. Mais son espace et son temps se sont figés et rien n'arrive que ce rien, cet ennui, ce néant...

Le Gene écrivain, le personnage d'un roman, le Prisca au visage trop beau, le Prisca aux paroles trop dures, il les retrouvera tous dans sa nuit impénétrable. Il continue à fumer sa cigarette et à attendre sans le savoir que le ciel s'assombrisse, s'assombrisse encore, toujours, jusqu'à devenir lui-même ombre dans l'ombre des rues.

La rue des Lombards est déserte et à peine éclairée par quelques lampadaires. Il s'amuse à rêver qu'un voyou va surgir d'une impasse, chaînes au bras et couteau à la main pour le tuer, faire disparaître à jamais cet homme inutile. Mais seules quelques putains se cachent derrière les portes. Des putains en bas noirs et en manteaux de fourrure, des putains Parkers, Reynolds ou Faber Castell, qu'importe les marques, désormais, aucune ne sera la bonne.

Il compte les lampadaires puis les raies du trottoir... « Deux cents francs pour une passe, cinq cents pour la nuit, c'est pas cher, tu sais... » Deux cents heures pour un livre, cinq cents pour un chef-d'œuvre... « Ben quoi, je t'excite pas? T'as pas envie? Je prends même les impuissants, faut pas t'inquiéter pour ça! Non? Ah, je comprends! Hé les filles! Encore un pédé! » Il leur jette un regard méprisant, fier de l'insulte. L'enseigne d'une boîte de nuit d'homosexuels clignote au bout de la rue.

Il s'est assis au bar, a commandé un whisky et fume une cigarette avec une nonchalance feinte. Deux hommes l'observent avec insistance. Ils sont bruns avec des yeux noirs et un teint pâle. C'est un autre qu'il est venu chercher.

Un pianiste joue une musique de jazz. Ses mains courent sur le clavier, fines, belles et adroites, ces mains qui, un jour, ont été les siennes... Il voudrait s'approcher du piano, s'asseoir dans le corps de cet homme et lui voler ses mains ou plutôt les lui reprendre mais, déjà, il ne sait plus s'il en a réellement envie. Le clavier est blanc lui aussi. Blanc. Peut-être vide.

Un miroir lui renvoie le reflet de son visage. Le teint est blafard, les yeux maquillés de cernes, les joues creusées, l'expression inquiète et tourmentée. Mais là-bas, dans le coin du miroir, un homme le fixe. Il est blond avec des yeux verts. Peut-être un peu plus jeune, un peu moins fascinant... Qu'importe, il lui ressemble.

Gene se retourne pour rencontrer le regard vert de Prisca. Il déplie ses jambes comme pour mettre en évidence leur finesse et leur souplesse, s'avance vers lui en balançant légèrement les épaules. Prisca semble étonné puis ravi. « Bien sûr, pense Gene, après tout, C'est moi qui l'ai plaqué. »

– Je te dérange?

– Non, pas du tout... Au contraire!

– Alors, ta liberté, c'est chouette?

C'était bien le même éclat qui brillait dans ses yeux. Une chaîne d'or pendait à son cou, certainement un cadeau, se dit Gene avec amertume.

– Je m'appelle Gerald.

Il ne sembla pas entendre et répliqua :

– Moi c'est Gene.

– Tu crois pas qu'on pourrait aller dans un endroit un peu plus... animé?

– Je crois pas, j'en suis sûr.

Il portait un blouson de cuir et un jean délavé. Corps filiforme, allure efféminée. « Je me suis trompé, ce n'était pas le mot juste », pensa Gene... Il sentit un bras entourer ses épaules et ce contact le fit frissonner de dégoût. Il aurait voulu se dégager mais son corps ne lui appartenait plus et il se rapprocha de l'homme, caressa sa poitrine. Il avait l'impression de passer la main sur une surface visqueuse, gluante, malsaine. Ses doigts poissaient à cette peau, comme enduits de colle ou de gélatine. Tout en lui criait : « Va-t'en, va-t'en! » Il ne le pouvait pas. Une léthargie envahissante le dominait.

– On va chez toi?

– Non...

– À l'hôtel?

– Si tu veux...

– J'en connais un chouette rue Vieille-du-Temple, tu viens?

– Je te suis.

Une nausée insupportable montait en lui à l'idée de faire l'amour avec cet homme. Et pourtant, il continuait à le suivre. « Je ne peux pas faire autrement que de le suivre, se répétait-il, je ne peux pas. » Il essuya ses mains encore humides contre les pans de sa veste. Le suivre. C'était la seule chose importante, les seuls mots qui résonnaient dans sa tête. Il fallait qu'il suive cet homme, rien d'autre ne comptait. Gerald tapait dans une boîte de conserve et la ferraille rebondissait sur le trottoir avec un bruit assourdissant qui emplissait le silence de la nuit. Le suivre, passer la nuit à le suivre, après il verrait bien, après il serait sauvé mais pour le moment il devait marcher derrière lui sans un mot, sans autre pensée que celle de le suivre... Ils arrivaient place du Châtelet mais Gene ne s'en aperçut pas car toute son attention était concentrée sur la présence de cet homme. Quelques ombres fugitives se faufilaient entre les tables des derniers cafés ouverts, ombres floues disparaissant pour revenir et s'échapper de nouveau... Le suivre, ne pas s'arrêter de le suivre...

Ils longèrent la rue de Rivoli jusqu'à la rue Vieille-du-Temple, sombre, étroite et silencieuse. Gene, courbé et tremblant de froid, continuait à marcher, à « le suivre ».

La chambre était petite et laide. Un grand lit couvert d'un tissu usé, un lavabo dont la propreté était pour le moins douteuse, une table et une chaise. Gene s'approcha de la fenêtre sans rideaux comme pour déceler le mystère de la nuit.

– Tu viens?

Son corps déjà nu était étendu sur le lit. Lentement, Gene se déshabilla tandis que la nausée de nouveau s'élevait en lui.

– Grouille-toi, je caille.

Il revit la peau de tigre et le corps hâlé de Prisca qu'il s'amusait à tendre et à détendre entre ses doigts. Il revit ses sourires et ses gestes. Il revit la courbe de ses reins, les lueurs de ses regards, la forme de son corps errant à travers un labyrinthe sans issue.

– Alors, qu'est-ce que tu fous?!

Il s'allongea sur le lit et ferma les yeux. Vingt minutes plus tard, deux hommes sortaient d'un hôtel de la rue Vieille-du-Temple. Les deux silhouettes se sont aussitôt séparées, sans même s'adresser un signe. L'une d'elles, vacillante et comme meurtrie de douleur, a erré longtemps d'un trottoir à l'autre comme pour retrouver son chemin. Finalement, elle s'est dirigée vers l'Hôtel de Ville, a traversé la place, longé les quais, puis son ombre s'est confondue avec les reflets lustrés du fleuve.

L'eau lui gifle le corps. Rageusement, il frotte sa peau au gant de crin comme pour faire partir les traces du contact physique. Méthodiquement, énergiquement, il frotte, n'arrête plus de frotter mais les plaies provoquées par les caresses deviennent sans cesse plus douloureuses. Elles s'élargissent, s'agrandissent, s'étalent, son corps n'est plus qu'une immense blessure envahie de pus et de sang. Il sent encore les mains prestes de l'homme sur sa peau, il voudrait les chasser, les écraser et les détruire mais elles se sont blotties sous son derme et courent en tous sens ainsi qu'une fourmilière grouillante, insectes de sa mort qui peu à peu le rongent... Il tourne le robinet bleu, un jet d'eau glacée le suffoque mais qu'importe, il lui faut anéantir ce souvenir. De plus en plus furieux, il recommence à frotter en partant des pieds et en remontant jusqu'aux épaules. Il tremble tout en s'acharnant à se meurtrir davantage, pas un millimètre carré de sa peau ne lui échappe mais l'image de son corps imbriqué dans celui de l'homme est toujours là, devant ses yeux... Et il n'y a plus que cette image, cette unique image. Elle est partout; sur le rebord du lavabo, sur la surface beige du gant de crin, sur l'émail de la baignoire, dans les gouttes d'eau coulant sur sa peau... Cette image, sur le plastique rouge du robinet... D'un geste nerveux, il le tourne et aussitôt un jet bouillant le frappe en plein visage, milliers d'aiguilles qui le défigurent... Il s'écarte, saisit le savon lorsque, brusquement, le flot s'arrête. Soudain désemparé, il regarde tour à tour le tuyau, la pomme, puis sa main, rougie, laide, sanglante... Qui est-il, où est-il, pourquoi, mais pourquoi?

Tout est infecté maintenant... Il observe son visage dans le miroir, ce même visage hagard et anxieux. Il ne comprend pas cette souffrance, n'accepte pas cette inutilité. Étourdi, il se raccroche au lavabo et tout à coup se met à vomir, vomir toute cette douleur, ce désespoir et ce malheur.

Allongé sur le lit, les mains croisées sur la poitrine, il attend le sommeil. Les feuilles sont là, sur la table, tache blanche et criarde. Il n'y touchera pas. Il n'a plus rien à leur dire, plus rien à en espérer. Le papier lui aussi est devenu traître. Il vole les pensées, les images et les souvenirs puis, sans un seul mot, il vous laisse là, il vous abandonne... Vos mains refusent alors de bouger, votre mémoire se dérobe, le langage se trouble et se perd à travers le temps, votre propre temps, celui qui ne passe pas, celui qui reste immobile, et vous n'avez plus de passé, plus d'histoire, plus rien qu'un corps qui stupidement vous refuse l'oubli...

Le sommeil ne viendra plus. Rien ne viendra, qu'un peu plus d'ennui, qu'un peu plus de désespoir. Il appelle un rêve afin d'échapper à cette torture mais déjà, tout s'enfuit. Il étend le bras pour prendre une cigarette et sa main tombe sur le bloc où seuls ces mots sont écrits : « Deuxième partie, premier chapitre ». Le stylo est resté muet, emprisonné dans la spirale de fer, tourbillon visqueux.

Une main fine et adroite parcourt l'espace blanc d'un clavier, déroulant derrière elle les notes magiques d'une mélodie sans fin. Les histoires s'enchaînent et les refrains se perdent sous le regard vert d'un spectateur invisible dont les éclairs l'irisent, lui, Gene, enfin libéré de sa feuille d'oubli et de son stylo d'utopie, lui, Gene qui court sans liens au travers de cet univers désormais offert, désormais sien.

La table, le mur, les étagères de la bibliothèque, tout était exactement semblable. Et pourtant, quelque chose avait changé, quelque chose qu'il ne parvenait pas à saisir. Il se redressa, scruta chaque objet de la pièce avec une attention décuplée mais ne trouva rien d'autre que l'impersonnalité et l'insignifiance même de ces objets. Il se laissa retomber sur le lit et c'est alors que le flash l'éblouit; une putain en bas noirs, une enseigne phosphorescente, les rues sombres, l'hôtel, le dégoût, la douleur. Et l'image de son corps imbriqué dans celui de cet homme, cette image sur le drap, cette image sur ses yeux, cette image gravée partout autour de lui et que ses coups répétés ne parvenaient pas à effacer, cette image qu'il frappait et frappait mais toujours en vain... Et l'image sur le sol, les murs, le plafond, cette image, cicatrice du passé...

Que pouvait-il faire? Avant, il aurait pris le stylo, la feuille et aurait figé le souvenir sur le papier afin de l'oublier à jamais mais, maintenant, quel pouvoir possédait-il? Il tendit la main vers le bloc où seuls ces mots étaient inscrits : « Deuxième partie, premier chapitre », le jeta violemment à travers la pièce et se mit à pleurer.

Lorsqu'il releva la tête, son regard tomba sur le réveil; trois heures. Inexplicablement il se sentit libéré de cette chose qu'il n'était pas parvenu à trouver, il lui semblait qu'elle s'était enfuie avec sa colère ou peut-être avec ces mots qu'il n'avait pas pu écrire. Il alla préparer du café qu'il but debout au milieu de la cuisine en réfléchissant à ce qu'il ferait aujourd'hui puis il s'habilla et ferma la porte derrière lui.

C'est toujours l'hiver et Gene, seulement vêtu d'un pull et d'une veste, tremble de froid. Il passe devant les restaurants où les clients s'attardent devant leur café, s'arrête devant les vitrines et les cinémas mais le froid, sans cesse plus envahissant, le pousse à continuer de marcher. Son regard croise une librairie et aussitôt un sourire se dessine sur ses lèvres. Il n'appartient plus à ce « monde-là » et étrangement, il n'en ressent aucune amertume mais une sorte de soulagement. La feuille blanche ne troublera plus son avenir, la feuille blanche, pleine de défi et d'ironie, n'existe plus.

Il est entré à la brasserie au coin du boulevard Montparnasse et de la rue d'Odessa, a commandé un double express et des croissants. Calé au fond de son siège, il laisse son corps se détendre et se perdre dans sa toute nouvelle inactivité, soulagé de n'avoir plus rien à penser et plus rien à comprendre. Il revoit Gene s'acharnant sur la page, page toujours blanche, page toujours vide... Il revoit ce Gene-là, inutile, ridicule... « Je l'ai tué à moins qu'il ne soit mort à force de regarder son propre néant... »

– Combien de crimes avez-vous donc commis?

– Oh, je ne les compte plus, monsieur le juge...

– Dans ce cas, ce sera la prison à perpétuité...

– Mais ce n'est pas la peine, monsieur le juge, ma liberté elle-même est une prison.

Un garçon blond est entré dans la brasserie. Il était mince et élégant et portait un costume de tweed gris. Il avait cette même allure désinvolte, cette même expression d'assurance légèrement teintée de fierté, cette même douceur dans le regard... Gene le suivait des yeux, incapable de faire un geste. Le garçon sembla hésiter à choisir une table puis finalement, il s'approcha de Gene et s'assit près de lui avec un sourire poli. Comment s'appelait-il, que faisait-il dans la vie, pourquoi était-il justement venu dans cette brasserie et s'était-il justement assis à cette table? Il appela le serveur et commanda un jus d'orange, Prisca buvait toujours du jus d'orange, pensa Gene. Il alluma une cigarette avec ce même geste plein d'élégance et remit le briquet dans la poche de son gilet en aspirant la première bouffée. Et soudain, son visage s'illumina; une jeune fille brune, très belle s'approchait de lui en souriant. Gene les regarda s'enlacer puis il se leva et sortit. « Je dois continuer mon chemin », pensait-il, désemparé. Mais a-t-il seulement un chemin? Non. Personne ne lui en a tracé et il marche sous la nuit qui tombe à la recherche d'un ami qui n'a jamais existé.

Des couples s'enlacent, silhouettes floues dont les ombres se déforment sous les lueurs capricieuses des bougies. Des murmures, des rires parfois s'élèvent, à peine perceptibles. Et le charme fugitif, irréel des nuits qui vous égarent.

Accoudé au comptoir, Gene fume une cigarette, morose. Divers hommes l'ont abordé au cours de la soirée; un jeune Marocain, un garçon qu'il a pris pour une fille, un vieux qui devant son refus lui a proposé de l'argent, un homme accompagné de son gigolo et un adolescent qui ne devait pas avoir plus de seize ans. Mais aucun de ces regards ne portait le signe d'une quelconque reconnaissance, regards vides de cette étincelle complice que Gene recherche en vain, soir après soir, comme l'ombre de lui-même. Et il attend encore, toujours, que Prisca vienne au rendez-vous.

Un bruit de tabouret tiré sur le sol lui parvient. Il a envie de se retourner mais reste immobile, comme figé par la certitude d'une nouvelle déception.

– Je vous offre un verre?

Non, il ne peut pas y croire. Ce n'est qu'un rêve, comme toujours, un sursaut de colère de son imagination ou un de ses fantasmes d'écrivain en mal de vivre...

– Un autre whisky?

Et pourtant, c'est bien lui. Prisca, vêtu d'un costume blanc, Prisca avec son sourire vague et son charme irrésistible. Son expression est peut-être plus provocante, ses attitudes moins élégantes et sa voix plus vulgaire mais qu'importe... C'est Prisca.

– Tu es en retard, dit Gene d'une voix éteinte comme s'il ne croyait pas encore à la présence de l'homme.

Ses yeux ont changé. Ils sont bleus maintenant. Moins étranges.

– Je m'appelle Franck.

– Gene.

Ils s'observent un instant, silencieux. Puis, Franck sourit et tend son paquet de cigarettes à Gene qui en prend une d'un geste machinal.

– Quelle vie, hein? Figure-toi que j'ai cherché toute la soirée quelqu'un de délicat qui comprendrait que ça peut arriver à tout le monde d'avoir besoin d'un costume neuf et d'un chouette voyage au soleil et puis voilà... Ils veulent tous coucher avec toi mais pour le fric, que dalle! Y'a un mois, j'avais pourtant déniché un bon filon, un mec célèbre et riche comme Crésus qui me donnait absolument tout sans que j'aie besoin de mendier... Et puis comme un con, je l'ai lâché! Non mais tu te rends compte, quelle connerie j'ai faite!

Le souvenir du contact physique parcourt le corps de Gene d'un tremblement nerveux. Il essaie de s'imaginer dans les bras de cet homme, cet homme qui encore une fois n'est pas le mot juste, mais seule la nausée s'élève en lui.

– T'es malade? Non, me fais pas ce coup-là! T'es pas une gonzesse, merde! Bon, alors j'te disais donc, j'ai rien trouvé à me mettre sous la dent ce soir... Enfin, j'ai trouvé mais ils voulaient pas payer, alors...

Une idée brusquement avait jailli en lui; se vendre, échanger son corps contre une somme d'argent, obliger Prisca à accepter cette condition humiliante. Peut-être aurait-il ainsi l'impression d'acquérir une certaine valeur, peut-être le dégoût du contact physique disparaîtrait-il s'il serrait entre ses mains l'argent, preuve en quelque sorte de l'amour de Prisca.

– Faut pas croire que je te dis ça parce que je veux que tu me paies, hein? Non, t'as pas besoin de payer.

Gene le regarda fixement et lança :

– Non, mais moi, j'ai besoin d'être payé.

– Quoi?! Tu rigoles? Écoute, comment veux-tu que je paie alors que je viens de t'expliquer que c'est la dèche? On peut pas faire ça gentiment, sans histoire de fric, hein?

– Désolé. C'est ça ou je me barre.

– C'est vraiment parce que tu me plais. Combien?

– Ce que tu voudras.

– Et moi qu'étais parti pour ramasser du fric, je vais repartir après en avoir donné! Quelle misère! T'avais pourtant pas l'air, comme ça...

– Toi non plus, répliqua Gene d'un ton sec.

Franck écrasa sa cigarette dans un cendrier. Il semblait hésiter.

– Bon, on y va? finit-il par dire.

– Oui...

De nouveau, la nausée monta en lui. Il tenta de fixer toute son attention sur l'argent, l'idée de l'argent, sur les billets, des billets de cinquante, cent, cinq cents francs... Il les voyait déjà éparpillés autour de lui, il les touchait déjà, il fallait qu'il les sente, il le fallait absolument...

Franck se leva et traversa la salle d'un pas vif. Gene ramassa le paquet de cigarettes qu'il avait oublié sur le comptoir et « le suivit ». Une fois qu'ils furent dans la rue, Franck demanda d'un ton impatient :

– Où on va?

– Chez toi?

– Pas question, y'a quelqu'un.

– À l'hôtel?

– Non mais tu te fous de moi?! Cinquante balles de plus à payer! T'habites où?

– À Vavin.

– Cinq minutes à pied! On y va!

Sans parler, ils commencèrent à longer la rue Jules-Chaplain. Franck marchait devant lui, longue silhouette blanche. Ses pas résonnaient dans la tête de Gene comme pour combler le vide... « Ce vide que je n'ai pas pu remplir avec des mots... pensa soudain Gene, ce vide, je le remplis avec des sexes! » Il s'immobilisa. Aussitôt, Franck se retourna.

– Alors, tu viens?!

– C'est là que t'habites? C'est plutôt crasseux, dis-moi...

– Si ça te plaît pas, tu...

– Bon, ça va!

La lumière de l'escalier ne marchait pas. Ils le montèrent à tâtons Franck maugréait entre ses dents, Gene se taisait.

– C'est là.

Il feignit de chercher la clé dans sa poche, espérant retarder le moment où son corps serait imbriqué dans celui de cet homme...

– Dépêche-toi, nom de Dieu, ça vient!

L'expression de désir qu'il lut sur son visage le dégoûta. Il ouvrit la porte. Aussitôt, deux bras s'agrippèrent à lui.

– Paie avant, dit Gene.

Précipitamment, l'homme sortit des billets de sa poche et les lui fourra dans la main. Avec un sourire, Gene resserra les doigts sur l'argent.

8

L'homme est parti laissant le corps de Gene allongé sur le sol, perclus de honte. Les billets sont encore dans sa main, preuve que l'écœurement et la douleur n'ont pas été imaginaires, terrible preuve de sa déchéance. Son cœur chavire, la chambre tourne... Qu'a-t-il écrit? Les feuilles sont éparpillées sur la table, la housse grise a glissé et découvre le visage narquois du clavier... Qu'a-t-il écrit? De quel stylo s'est-il servi? Il est sûr d'avoir écrit, il sent encore la courbature des mots dans ses reins et la caresse des phrases sur sa peau... Et pourtant, sur la surface blanche du plafond, il ne voit qu'un sexe qui court à la recherche des corps, un sexe à l'encre invisible...

Il s'est redressé d'un bond. La feuille est souillée, le stylo visqueux. Il court dans la salle de bains, se précipite sous le jet d'eau glacée et se met à frotter les traînées gluantes du mensonge dans l'espoir d'effacer les marques de ce plaisir rapide, de cet amour malsain. Mais au fur et à mesure qu'il frotte les phrases tracées à l'encre invisible apparaissent sur sa peau, cicatrices indélébiles disant sa trahison. Les mots ricanent devant son corps meurtri, rougi, reflet exact de sa laideur intérieure et Gene frotte de plus en plus violemment cette peau qui ne lui appartient pas, cette feuille qu'il n'a pas écrite, cette page dégoulinante de sang... « Cinq cents francs! Il a vendu le chef-d'œuvre de sa vie pour cinq cents francs! » Le gant de crin court sur son corps mais les phrases sont plus rapides, toujours plus rapides et Gene ne peut pas les rattraper, jamais il ne pourra les rattraper. Il est impuissant.

Il s'est recouché sur le sol. Les billets sont là. D'un geste lent, il en prend un, l'observe, le tourne et le retourne entre ses doigts. Le pose amoureusement sur sa poitrine. « Cinq cents francs! Je ne peux même pas m'acheter une machine à écrire! » Il essaie de rire mais seul un son rauque sort de sa gorge. Alors, il ramasse les billets et se met à les déchirer, soigneusement, en minuscules morceaux.

Couché sur le dos, les mains croisées sous sa tête, il attend que le temps passe et que le souvenir s'efface. Il regarde le plafond en fumant une cigarette puis il écrase le mégot dans le cendrier, tourne les yeux vers le réveil et allume une autre cigarette. Il essaie d'imaginer ce qu'il aurait écrit si sa main n'avait pas trahi le Reynolds avec un Sexe, il essaie d'imaginer la suite de l'histoire et le début du prochain roman, mais même cela, il ne le peut plus.

Vers une heure de l'après-midi, il décida d'aller manger au restaurant. Les membres engourdis, la bouche pâteuse et l'esprit vide, il se leva, balaya le sol, vida le cendrier et rangea les feuilles éparpillées sur la table dans une chemise. Une odeur entêtante d'eau de Cologne planait dans la pièce comme le parfum d'une de ces liaisons honteuses... Il enfila sa veste et sortit.

Il pleuvait. Gene longea la rue Vavin sans se presser. Il ne semblait pas sentir l'eau couler sur son visage et mouiller ses vêtements, il ne semblait même pas avoir remarqué cette pluie. Il entra dans le premier restaurant qu'il vit, une sorte de brasserie.

Toutes les tables étaient occupées. Il s'accouda au comptoir et demanda un verre de vin en attendant qu'une place se libère.

Les gens parlaient fort et mangeaient rapidement. Gene tendit l'oreille et écouta tour à tour une scène de rupture entre un jeune homme timide et une fille hystérique, le récit d'un voyage en Russie expliqué avec minutie par une femme aux gestes mondains et un dialogue banal entre un père et son fils. Aucune conversation n'aurait pu l'intéresser. Il commanda un second verre de vin et alluma une cigarette.

Près de la porte des cuisines, il remarqua une place libre mais la table était prise par une femme. Elle feuilletait un magazine de mode d'un geste preste en mouillant son index à chaque page tournée. Bien sûr, il pouvait aller s'asseoir en face d'elle, ça ne l'engageait à rien, mais il préféra attendre. Il vida son verre de vin, en demanda un autre et alluma de nouveau une cigarette. Après tout, pourquoi pas? Avec une femme, ce serait peut-être différent... La nausée venait peut-être du fait que c'était des hommes, des reflets de son propre moi, ce moi méprisé et détesté... Il laissa dix francs sur le comptoir et s'approcha de la femme.

– Je m'excuse mais toutes les places sont prises et si vous n'attendez personne, cela vous gênerait-il que je déjeune en face de vous?

– Pas du tout. Vous me tiendrez compagnie.

Elle sortit un miroir de poche de son sac à main et, discrètement, vérifia son maquillage. D'un geste habile, elle arrangea ses cheveux derrière ses oreilles et regarda Gene avec un sourire se voulant séduisant.

– Je viens d'arriver et je n'ai pas encore commandé.

Assez jolie, peut-être un peu ordinaire, se dit-il. Elle a mis trop de fond de teint, certainement pour cacher les imperfections de sa peau et ce pull à rayures est vraiment d'un goût douteux. Mais qu'importe... elle où une autre...

– Je prendrais bien une bouchée à la reine... Mais ça va me donner des rougeurs et demain je serai affreuse... Des crudités plutôt...

Tout de même, il aurait pu tomber mieux...

– Et un steak-frites.

– Vous ne savez pas que l'huile dans laquelle les cuisiniers préparent les frites est cancérigène?

– Oh! Vous alors, vous avez un humour sublime!

Elle passa sa langue sur ses lèvres, regarda autour d'elle puis posa les coudes sur la table pour mettre en valeur sa poitrine et demanda d'un ton mièvre de petite fille qui finit d'exaspérer Gene :

– Que faites-vous dans la vie?

– Euh... J'écris...

– Vrai?! Ça alors! J'ai toujours rêvé de rencontrer un écrivain! Figurez-vous que j'enseigne le français et je répète sans cesse à mes élèves que les censeurs devraient organiser des réunions avec les auteurs. Après tout, ce sont eux les mieux placés pour expliquer leurs textes, n'est-ce pas? Évidemment, ce serait difficile pour Balzac ou Racine mais j'estime tout de même...

Il lut la carte d'un air distrait. Il n'avait pas faim. Il observa la femme et tenta de l'imaginer nue, réprima une grimace. Il voyait déjà ses mains courtes et trapues courir sur son corps, il entendait déjà les...

– Et vous arrivez à gagner votre vie?

– Oui... enfin à peu près.

– Je vous admire! Quand je pense que les éditeurs gardent presque tous les bénéfices pour eux! Quels escrocs! Je suis sûre que vous ne pouvez pas vous payer le restaurant tous les jours...

– Je vis bien.

– Vous savez... moi aussi j'écris. Mais je ne suis

pas aussi ambitieuse que vous, j'ai préféré m'assurer un revenu fixe... On ne sait jamais avec ce métier... J'ai presque fini mon journal intime et j'ai des raisons d'espérer qu'il sera publié... J'ai des relations avec un éditeur, si vous le connaissiez, un amour! Enfin, ce n'est pas vraiment l'éditeur que je fréquente mais un de ses secrétaires qui a une influence considérable dans la maison...

– Garçon! Deux crudités et un steak-frites, cria Gene, agacé.

– Vous ne prenez qu'un hors-d'œuvre?

– Oui, je viens de me lever.

– Oh, je comprends! On a des obligations dans votre métier. Vous devez aller à des réceptions, des cocktails, des dîners, n'est-ce pas? Ce doit être vraiment excitant! J'ai toujours rêvé de porter des robes de grands couturiers et des bijoux, de boire du champagne, de manger du caviar, de danser et de me coucher à six heures du matin!

Elle passera son pull par-dessus sa tête, dégrafera son soutien-gorge, ira peut-être fermer les rideaux. Elle voudra le faire une fois debout, une fois par terre et une fois sur la table. Elle fera semblant, évidemment puisqu'il ne sait aimer que les phrases.

– Ce doit être une vie merveilleuse... Le luxe, les restaurants, les appartements meublés par les derniers décorateurs à la mode, les hommes galants...

Gene se sentait oppressé par cette atmosphère étouffante, par le mouvement incessant des serveurs, par ce bruit agressant, rires et commandes lancées aux cuisines. Le garçon jeta deux assiettes de crudités sur la table.

– J'adore cet endroit! C'est toujours si bien préparé! s'exclama-t-elle.

– Vous enseignez dans quel lycée?

– Oh, certainement pas dans un lycée! Les jeunes y sont trop politisés et trop irrespectueux. Non, j'enseigne à l'École alsacienne.

Il aurait dû s'en douter... Elle commença à dévorer ses tomates d'un air pleinement satisfait et Gene se sentit prêt à jurer qu'elle n'avait pas mangé depuis deux jours. Comment allait-il lui présenter la chose? La flatter? Lui dire qu'elle était merveilleuse et d'une intelligence exceptionnelle? Lui faire croire qu'il pourrait s'arranger pour que son « journal intime » soit publié?

– Quel est votre auteur préféré?

– Aucun en particulier.

– Moi, c'est Victor Hugo!

Elle respira profondément puis entama avec un air d'extase :

Demain, dès l'aube, à l'heure où blanchira la [campagne
Je partirai. Vois-tu, je sais que tu m'attends.

– N'est-ce pas sublime? Littéralement sublime! À chaque fois que je récite ce poème, j'ai envie de pleurer.

Pour le moment, elle engloutissait voracement un énorme morceau de pain qu'elle avait généreusement trempé dans la sauce en récitant ses deux vers d'une voix pathétique.

– Quelle culture! dit Gene d'un ton ironique.

– N'est-ce pas? Depuis l'âge de douze ans, je passe mon temps à lire. Pendant toute mon adolescence, le soir, je rabattais les couvertures sur moi, allumais ma lampe de poche pour que ma mère ne se doute de rien et plongeais avec délice dans les chefs-d'œuvre de la littérature...

Elle ne va jamais accepter s'il lance : « Bon, on y va? » Comment pourrait-il bien faire? D'un ton mielleux, il commença une tentative :

– Vous me plaisez vraiment... je veux dire, nous avons la même passion... Sur le plan spirituel, bien sûr.

Elle baissa la tête d'un air modeste. Gene enchaîna :

– J'ai senti dès le premier instant où je vous ai vue que vous étiez une femme intelligente et cultivée...

– Oh, moi aussi ! Je n'osais pas vous le dire ! Je ne voudrais pas que vous me jugiez légère et sans scrupules mais...

Elle hésita, fit une moue puis lança d'un trait :

– Avec vous, je sais que ce ne sera pas une médiocre aventure passagère.

Rougissante, elle prit le steak-frites que lui tendait le serveur et commença à manger. Gene alluma une cigarette, soulagé. Il voulait cette femme et pourtant il ne ressentait que du dégoût en l'observant, du dégoût et du mépris. Sa main tremblait comme lorsqu'elle cherchait à saisir le stylo mais désormais, c'était autre chose qu'elle caressait.

– Vous écrivez l'après-midi ? demanda-t-elle.

– Ça dépend.

– Oh, je comprends ! L'inspiration ne vient pas à heures fixes. Vous ne travaillez pas comme un fonctionnaire... Je m'excuse, ma question était stupide.

– Cet après-midi, je projetais d'aller me promener. J'ai besoin de détente.

– Comme ça tombe bien ! Justement, je suis libre aussi.

– Que diriez-vous d'une promenade au Luxembourg ?

Elle sourit puis éclata de rire en posant sa main moite sur le bras de Gene.

Ils marchent l'un à côté de l'autre sans oser se tenir la main. Gene est silencieux mais la femme n'arrête pas de parler comme si le silence était pour elle synonyme de bêtise. Il ne l'écoute pas. Son regard est fixé au bout de la rue.

Pourquoi « doit »-il le faire ? Pour se prouver qu'il

« peut » le faire ou tout simplement parce qu'il n'a rien d'autre à faire? Que va-t-elle lui apporter sinon un peu plus de dégoût et un peu plus d'impuissance envers les mots? Et pourtant, il se sent obligé de « le faire » exactement de la même façon qu'il se sentait obligé de « les suivre ». Il ne peut pas renoncer maintenant, pas maintenant que son livre est presque terminé.

– Voulez-vous venir prendre un verre chez moi? J'habite tout près d'ici.

– Volontiers. Je commence justement à être un peu fatiguée.

Malgré ses belles réflexions métaphysiques, elle n'attend que « ça », se dit Gene avec un goût amer au fond de la gorge.

– Je suis impatiente de voir le décor dans lequel vous vivez! Une chambre d'écrivain! Des feuilles de papier partout, des stylos dans tous les sens et des livres, des piles de livres! Les librairies et les bibliothèques sont mes lieux de prédilection, vous savez... Les autres femmes naturellement leur préfèrent les boutiques mais moi, ma passion...

Imperceptiblement, il accélère le pas. Une seule phrase occupe ses pensées : « Il faut le faire. » Il a hâte d'en finir, terriblement hâte d'inscrire le dernier mot, de déchirer son sexe et de reprendre son stylo.

En femme avertie, elle est passée devant lui pour monter l'escalier. Distraitement, il a regardé ses hanches trop larges se balancer exagérément. Il a laissé échapper une grimace de dégoût puis un sourire sarcastique.

Le désir se lit sur son visage trop maquillé. Il voudrait la faire attendre, voir ses traits se crisper sous l'effet de l'impatience, garder un instant encore ce pouvoir qu'il détient sur elle. Mais la phrase le harcèle, « il faut le faire », et rapidement il ouvre la porte.

Fière et hautaine, elle entre. Ridicule avec ses vêtements bon marché et son allure maladroitement imitée d'une quelconque star de cinéma, pense Gene de plus en plus dégoûté. Elle s'avance à pas précieux et avec des yeux d'enfant émerveillé, s'arrête devant la table et pousse une exclamation de surprise comme devant un monument historique. Son regard n'omet pas un seul détail de la pièce et déjà elle semble en prendre possession tout comme dans quelques instants, elle prendra possession de son corps. Extasiée, elle balbutie :

– Oh... c'est... je...

Elle s'approche de la bibliothèque, dérange les livres en balançant ses hanches, attendant visiblement que Gene réagisse. Exaspéré, il allume une cigarette et s'assoit devant la table. La femme lui a jeté un regard furieux, vexée que ses charmes ne soient pas pris en considération et d'un bond, elle s'est précipitée sur Gene.

– Vite, oh, mon chéri... Je n'en peux plus, viens vite, prends-moi, vite!

Déjà, elle a déboutonné sa chemise, caresse avidement son torse, lui dérobe ses lèvres et promène rapidement les siennes sur ses épaules et sa poitrine. Il reste immobile. Il ne veut pas faire un geste à l'adresse de cette femme. Fébrilement, elle défait la boucle de sa ceinture, fait glisser son jean sur le sol tout en gémissant de plaisir.

– T'inquiète pas, t'as fait une bonne affaire... T'as pas l'air en forme mais je vais t'y mettre! Personne ne me résiste! Oh! Mais il est génial!

Elle l'attrape amoureusement, le pétrit entre ses mains comme un objet précieux qui lui apportera l'extrême sursaut. Puis, tout en enlevant ses vêtements, elle pousse Gene vers le lit et se jette sur son corps, immobile.

Gene, sorti d'un long rêve, l'observe d'un air désabusé. Il ne se rappelle rien. La nausée est revenue se blottir en lui, le plongeant dans un brouillard qu'il ne tente même plus de percer. Ses mains sont posées à plat sur le drap blanc et encore humide de la transpiration de « cette » femme, ses mains qui n'ont servi à rien et lentement se paralysent de dégoût. Elle est étendue sur le dos offrant à son regard les formes disproportionnées de son corps avec une sorte d'indécence voulue. Qu'attend-elle? N'a-t-elle donc pas compris?

– Va-t'en, dit Gene d'un ton neutre.

Elle feint de ne pas avoir entendu, tente une caresse qu'il repousse brutalement.

– Quoi? Tu me chasses comme si j'étais une putain?! Est-ce que j'ai fait quelque chose qui t'a déplu? Dis-moi, je ferais n'importe quoi mais laisse-moi rester ici... Je t'en prie, je t'en supplie...

D'un geste brusque, il l'écarte mais elle s'accroche à ses épaules, lui meurtrissant la nuque avec ses ongles.

– Va-t'en, je te dis!

– Non!

Violemment, il la gifle. Une fois, deux fois, jusqu'à ce qu'elle se lève et recule pour ramasser ses vêtements épars sur le sol.

– Oh, mon Dieu, mais il est fou! Pourquoi suis-je encore tombée sur un sadique! Au moins d'habitude, c'est pendant l'amour qu'ils se déchaînent, pas après. Salaud! Tu es comme tous les autres! Tout ce que tu veux, c'est te satisfaire, te soulager de ton sale sperme de mec qui n'en peut plus de rester dans ton ventre! Salaud! Violeur!

Sa voix stridente laisse Gene indifférent. Avec un sourire méprisant, il la regarde enfiler nerveusement son pull en oubliant de remettre son soutien-gorge qui traîne près de la table.

– Tu peux emporter ton soutien-gorge, je n'en ai pas besoin.

Furieuse, elle le ramasse et le fourre dans son sac à main, s'apprête à le refermer puis se ravise pour en sortir son portefeuille dont elle compte fébrilement les billets.

– On ne sait jamais, il serait capable de me voler! Malgré ce qu'il m'a dit, je suis sûre qu'il est fauché, c'était encore une ruse pour m'attirer ici, pour endormir ma méfiance. Mais t'en fais pas, je m'en vais, ça oui alors, je ne resterai pas une minute de plus avec un détraqué! Tu regretteras de m'avoir chassée, crois-moi, mais tu pourras toujours courir pour que je revienne! Espèce de salaud! Sale maquereau!

La porte claque et le bruit résonne dans la tête de Gene, sourd et mat. Un soupir s'échappe de ses lèvres, il sourit. « Mon livre est terminé », dit-il à voix basse, les yeux fixés sur le plafond où l'image de son sexe courant à la recherche des mots s'est plaquée.

Il ne lui reste plus qu'à mettre son manuscrit dans une grande enveloppe jaune avec le nom de Prisca. Non, il ne se donnera même pas la peine de le taper à la machine, les secrétaires s'en chargeront. Avec un tel talent, il peut se permettre d'avoir des exigences. Dans quelques jours, il apercevra une tache blanche dans sa boîte aux lettres. « Votre livre a été accepté à l'unanimité par le comité de lecture. » Sur une autre feuille, Prisca lui aurait écrit un mot plus personnel : « Génial! Je me mords les lèvres en repensant à tout ce que je t'ai dit. Je t'attends. »

Gene tend la main vers son paquet de cigarettes. Elle tombe sur le stylo. Il est visqueux.

D'un bond, il saute du lit et court vers la salle de bains. En l'espace d'une seconde, il a réalisé qu'il n'avait pas écrit, que tout avait été mensonge et que ses doigts étaient encore enduits de cette substance gluante : la nausée. Il se jeta sous le jet d'eau et se mit à frotter son corps au gant de crin tandis que les mains trapues de la femme se remettaient à courir sur sa peau. Il poussa un cri et continua à meurtrir les plaies et les brûlures, ne sentant même plus la douleur. Seul le dégoût vivait en lui. Les cicatrices mal soignées se rouvrirent, sa peau se craquela puis se déchira... Effrayé, Gene laissa tomber le gant de crin et se précipita vers le miroir; une simple rougeur s'étendait sur son corps.

Il revint s'allonger sur son lit et s'endormit comme une masse.

À neuf heures du soir, il se réveilla, étourdi. Machinalement, il se leva et enfila ses vêtements. Que devait-il faire, où devait-il aller, quel chapitre restait à écrire, quel stylo choisir pour stimuler son imagination? Il resta un long moment assis sur le bord du lit cherchant à travers l'obscurité une réponse à ses interrogations. Puis il soupira et sortit de la chambre.

Une musique lancinante emplit la salle. Les danseurs se frôlent, des chuchotements sourds s'élèvent, des verres se choquent. Il aime ce presque silence, cette atmosphère feutrée, reposante. Ses yeux se ferment, son rêve se déroule. L'orchestre enchaîne sur un tango et Gene sursaute, contrarié par ce changement subit de fond sonore.

Une chevelure blonde attire son attention. Il la suit, la surveille à travers la piste de danse. Il attend le moment où l'homme se tournera vers lui et où il pourra superposer les traits de Prisca sur son visage. Son corps tournoie lentement mais Gene n'a pas le temps d'apercevoir le regard ni l'expression de cet inconnu.

Sa gorge se serre. La nausée sans doute. Il allume une cigarette et commande un deuxième whisky.

Une femme brune est assise près de lui. Elle porte une robe mauve, simple mais élégante et boit un verre de gin d'un air absent. Elle semble ailleurs, loin.

Le regard de Gene revient vers la chevelure blonde. L'homme l'observe fixement. Son visage ne trahit rien. Au bout d'un instant, il s'avance vers le bar, murmure quelque chose à l'oreille de la femme brune, Gene malgré son dégoût n'a pas bougé.

– Tu viens danser?

Sans attendre sa réponse, l'homme lui prend le bras et l'entraîne vers la piste de danse. Il pose la tête sur son épaule, plaque ses mains sur ses hanches et les balance de droite à gauche. Gene se laisse faire. Son corps ne lui appartient pas, il appartient à ce énième Prisca qui lui apprend à suivre le rythme de la musique, cet inconnu rencontré un soir, une nuit dans un bar anonyme, quelle importance... Déjà, il croit entendre le : « Bon, on y va? Chez toi ou chez moi? » déjà l'image de son corps imbriqué dans celui de cet homme revient devant ses yeux et la nausée lentement s'infiltre en lui... Et pourtant, il ne s'écarte pas, il ne peut pas s'écarter, quelque chose l'oblige à rester collé à cet étranger, quelque chose l'empêche de partir... Les mains remontent le long de son dos, un frisson le parcourt mais il ne fait pas un geste pour repousser ce contact, pas un seul geste... Qu'espère-t-il, qu'attend-il? Il ne sait pas ou plutôt il ne veut plus savoir... Cette chambre d'hôtel, ces caresses furtives, cette substance gluante sur ses doigts, cet homme en blanc et cette eau incapable d'effacer les marques de son humiliation... L'inconnu relève la tête, lui sourit. Peut-être n'a-t-il pas eu de chance, peut-être avait-il mal choisi... Cet inconnu lui semble différent, étrangement calme, attentif. Gene répond à son sourire et de nouveau la tête se pose sur son épaule. Mais malgré cette tendresse inhabituelle, c'est le même dégoût qui vit en lui.

L'orchestre s'est arrêté de jouer, leurs corps se sont écartés.

– Tu veux boire quelque chose?

– Oui...

Ils sont revenus vers le bar. L'homme a commandé un whisky pour Gene et un rhum pour lui.

– T'as pas une cigarette? J'ai oublié les miennes.

– Des Gitanes, ça te va?

– Oui, très bien.

Il l'alluma lentement et sourit. Ce même sourire, pensa Gene. L'a-t-il enfin retrouvé? Et même si je l'avais retrouvé, qu'est-ce que cela changerait? se demanda-t-il pour la première fois.

– T'en as?

– Quoi? répondit Gene.

– Du cheval!

– Hein?

– Ben, de la came quoi!

Et devant l'air de plus en plus ahuri de Gene, il ajouta :

– De la drogue!

– Non... désolé, je n'en ai pas...

– Merde, j'aurais juré... ça fait deux jours que j'en trouve plus, je commence sérieusement à m'inquiéter... T'as pas un tuyau?

– Non...

– Déconne pas! Rien qu'à voir ta tête, je suis sûr que t'en prends! Qui te la donne?

– Je t'assure que je prends rien... Du whisky, du café, des cigarettes, c'est tout...

– Mais comment je vais faire?! Comment je vais faire?!

Il tournait nerveusement son verre entre ses mains tout en fumant sa cigarette d'un geste rapide.

– Écoute, tu vas pas me dire que t'en prends pas! J'te crois pas! C'est le fric? T'as peur que j'aie pas de fric? Tiens, regarde, deux cents balles pour un gramme... Alors, tu me le donnes?

Précipitamment, il avait sorti deux billets de sa poche et les tendait à Gene, les yeux pleins d'attente, d'espoir...

– Je t'ai déjà expliqué que j'en avais pas, répondit Gene, de plus en plus gêné.

– Mais comment je vais faire?! Tu t'en fous, toi! Tu sais pas ce que c'est de pas en avoir! Merde, merde et merde!

Il renversa son verre sur le comptoir et prit sa tête entre ses mains.

– Je voudrais bien t'aider mais je ne vois vraiment pas.... bredouilla Gene.

La femme brune était revenue s'accouder au bar. Elle s'approcha de l'homme, lui murmura quelque chose à l'oreille et l'entraîna vers le fond de la salle. « Il en a trouvé », se dit Gene, encore stupéfait. Il commanda un autre whisky, soupira. Qu'allait-il faire, que devait-il faire? Étrangement, il se sentait déçu que l'homme l'ait quitté, déçu et irrité. Son regard erra sur la piste de danse à la recherche d'un autre Prisca mais personne ne semblait lui prêter attention. Il alluma une cigarette et attendit.

Au bout d'un moment, l'homme revint s'asseoir près de lui, apaisé, souriant.

– Je m'excuse, je savais pas...

– C'est pas grave.

– T'as l'air un peu paumé... T'as pas d'endroit où coucher? Tu veux venir dormir chez moi? C'est génial, tu verras, c'est un immense hangar, y'a plein de copains chouettes et tout, tu veux?

– D'accord... répondit Gene machinalement.

– C'est pas loin d'ici, viens... Sophie te demandera de coucher avec elle, faudra pas t'en occuper, c'est une nymphomane, Louis voudra faire ton portrait, alors si t'as pas envie de poser des heures, tu

l'envoies chier, Jérôme essaiera de t'initier au zen...
Il l'entraînait vers la sortie.
– T'as vraiment l'air malade... déprimé... Je me trompe?
Gene, immobile, perdu, ne répondit pas.

9

Ils entrèrent dans une vieille blanchisserie de la rue des Abbesses, traversèrent une cour et pénétrèrent dans un immense local.

– Dix mètres de haut, cinq cents mètres carrés sans compter la pièce au-dessus, dit l'homme d'un air fier.

Des toiles et des pots de peinture jonchaient le sol cimenté, un chien noir et maigre traînait la queue basse, une guitare pendait le long d'un mur mal plâtré, un fil de fer était tendu à deux mètres du sol...

– Y'a aussi le copain de Louis, un décorateur de théâtre, et puis un fil-de-fériste qui habite ici quand il n'est pas en tournée... Et ça, c'est Manou, un chien qu'on a trouvé à moitié mort dans un terrain vague... Son maître l'a abandonné et il arrive pas à s'en remettre, pauvre vieux, va, fit l'homme en caressant l'animal.

Gene regardait autour de lui, ébloui par ce décor sinistre.

– Au moins ici, tu peux faire ta gymnastique tous les matins! continuait l'homme en le guidant vers un escalier. Bien sûr, c'est pas le luxe mais on s'en fout, l'important, c'est les gens... Crois-moi, y'a que les êtres qui sont importants dans ce monde. Au fait, j'sais même pas comment tu t'appelles, moi c'est Cyril.

– Gene.

– Bon, fais gaffe à cette marche, on l'a pas encore réparée... Viens, je vais te faire visiter...

Une musique de Pink Floyd leur parvenait, accompagnée d'un murmure de voix et des gémissements de plaisir d'une femme.

– J'te parie que c'est encore Sof qu'a ramené un mec! Elle est vraiment incroyable.

Ils entrèrent dans un grenier délabré au sol jonché de cendriers et de tasses de thé à moitié vides. Des couvertures indiennes étaient tendues sur les murs et des matelas étaient éparpillés sans aucun souci d'ordre d'un bout à l'autre de la pièce. Une odeur d'encens et de haschisch planait, enivrante.

– C'est chouette, hein?

Cyril passa devant la fille qui criait, les jambes accrochées aux reins d'un homme.

– Ça va, Sof?

– Oh, mec, c'est le pied! hurla la fille entre ses gémissements.

– Bon, tu me raconteras ça après, hein?

– Au fait, t'en as trouvé? demanda-t-elle tandis que son partenaire s'acharnait sur son corps.

– Ouais!

– Ah, tu peux te barrer alors, j'suis rassurée pour toi.

D'un air complice, Cyril entraîna Gene vers le fond du grenier. Ils passèrent devant un homme assis en tailleur, les mains jointes entre les genoux et les pouces collés l'un contre l'autre. Ses yeux étaient immobiles comme fixés sur un point au-delà de l'espace et son visage figé d'extase... Gene s'arrêta pour l'observer, fasciné puis fit un geste vers lui...

– Le touche pas! cria Cyril. Viens... Louis doit pas être loin, il est génial, ce type.

Allongées l'une contre l'autre, deux filles se passaient un joint en se caressant.

– Elles se sont rencontrées en tôle, figure-toi! Et depuis, c'est le Grand Amour! Tiens, v'là Louis... Salut! Qu'est-ce que tu fous?!

– Je réfléchis à la manière dont je pourrais montrer l'angoisse du créateur à travers le portrait d'un jeune éphèbe nu... répondit l'homme en tournant en rond, les mains croisées dans le dos et la cigarette à la bouche. Vois-tu, à travers la beauté du modèle, il faut faire passer le déchirement existentiel du peintre...

– Oui, je vois très bien, dit Cyril.

Puis se tournant vers Gene :

– Bon, il médite, il a pas besoin de nous, on va se...

– Eh, c'est à ton tour de préparer la bouffe, s'exclama Louis.

– T'es sûr?

– C'est marqué sur le tableau d'affichage, vieux.

– Tu l'as encore truqué, arnaqueur!

– Non, ce n'est pas vrai.

Cyril prit Gene par le bras et lui fit retraverser le grenier.

– La cuisine, c'est en bas. On fait un seul repas à deux heures du matin, ceux qui ont faim descendent et c'est la fête!

Gene le suivait sans dire un mot. Il se déplaçait comme à travers un brouillard ne percevant ce monde que par rapport à son propre univers issu d'un passé qu'il croyait désormais présent. Le Gene écrivain se décalquait à chaque instant devant son regard, encore insaisissable mais sans cesse plus proche... Il s'avançait, le frôlait puis de nouveau Cyril l'entraînait et la vision s'effaçait...

– Où ils ont foutu le riz, ces cons?! Ah! le v'là! T'as toujours l'air malade, vieux. Si tu veux dormir en attendant que ce soit prêt, y'a un lit sous l'escalier.

Machinalement, Gene sortit du minuscule réduit qui servait de cuisine et retourna dans le hangar. Il s'écroula sur le divan, étourdi par l'odeur de la drogue et aussitôt sombra dans un profond sommeil.

Il fut réveillé en sursaut par un bruit assourdissant de casseroles et de voix. Ses personnages avaient installé leurs matelas autour d'une table envahie d'assiettes pleines de nourritures et dansaient frénétiquement en hurlant des paroles incompréhensibles. Cyril riait tout en disposant des fruits secs et des gâteaux entre des platées de riz fumantes.

– Gene! viens oublier ta déprime, cria-t-il.

Le peintre avait traîné son chevalet à l'écart et sortait fébrilement ses tubes de couleur et ses pinceaux.

– J'ai trouvé! La couleur exacte est juste devant mes yeux! Terre de Sienne mélangée à une touche de vert émeraude et de rose tyrien plus un brin de bleu outremer et d'ocre jaune! Vous entendez, mecs, je tiens le message du déchirement existentiel de l'artiste face à son œuvre!

– T'es triste, mon chou, t'as pas envie de baiser par hasard? susurra Sof en s'approchant de Gene. Viens danser, allez viens!

Elle l'entraîna vers la table en lui collant les mains sur les hanches, et fit glisser sa robe sur le sol.

– Tu peux me toucher, j'suis pas en verre, dit-elle, les seins plaqués sur la poitrine de Gene.

– Merde, Sof, tu vois bien qu'il est pas comme ça, fous-lui la paix, hurla Cyril en écartant la fille de Gene.

– Occupe-toi de ton cul, toi! Peut-être qu'il a

envie, t'en sais rien, d'ailleurs, tout le monde a envie avec moi!

– Qu'est-ce qu'elle est chiante!

– Et toi, Cyril chéri, ça te dit rien? Non? Louis, mon amour, il paraît que la création dépend de la sexualité, j'ai lu ça dans un bouquin super-sérieux... fit la fille en courant vers le peintre.

Immobile, Gene les regardait, frappé d'hébétude. Le yogi s'approcha de lui. Il avait un corps squelettique et un visage effrayant de pâleur.

– Le chemin de la vérité est dans la méditation... Prâjna, sagesse transcendantale, la vie tient dans ce mot... Et le satori, outrepassant les limites de l'ego, tout est là.... murmurait-il à l'oreille de Gene d'un ton mystérieux.

– Bon, vous bouffez, oui ou merde, ça va refroidir! hurla Cyril.

– Bouffer alors que je détiens le secret de tout génie créateur, quel plouc, cria le peintre qui se débattait entre la fille nue et ses pinceaux.

– Le jeûne conduit à un état transcendant de vérité, mon petit, continuait le yogi, les bras tendus devant lui.

– Il veut pas! Mais qu'est-ce qu'ils ont ces mecs! Même pas capables de baiser! Va te faire foutre, sale pédé!

– On pourrait essayer avec de la peau de banane séchée, paraît que ça fait de l'effet, dit l'une des deux filles qui s'étaient décidées à descendre du grenier.

– Bon, moi, j'vais me piquer, fit Cyril en partant vers la cuisine.

– Eh, le déprimé, tu veux pas venir poser pour moi deux minutes? Tu es la parfaite réincarnation de l'Angoisse que j'éprouve. Amène-toi!

Gene s'avança vers le peintre, les yeux fixes, l'esprit ailleurs.

– Bon, tu te fous là et tu bouges plus, O.K.?

– Je me fous là et je bouge plus... O.K... répéta Gene laconiquement.

Il s'assit sur un tabouret et regarda, fasciné, les mains du peintre qui couraient rapidement sur le vide de la toile blanche.

Il était quatre heures du matin. Cyril dormait sur le divan, Sophie mangeait un bol de riz, les deux filles faisaient l'amour, le yogi marchait sur le fil de fer et le peintre tournait autour de son chevalet, en proie au doute créateur.

– Non, ça ne va pas! La forme des lèvres, tu vois? On dirait une bouche de princesse! Vraiment, ça ne va pas!

Gene fumait une cigarette, adossé contre le mur. Peu à peu, il semblait reprendre conscience de la réalité; son visage se crispait, ses mains tremblaient, ses gestes devenaient de plus en plus nerveux. Ses personnages s'éloignaient du plan d'action tracé dans son premier livre et avec une sorte de panique, Gene comprenait qu'ils ne lui appartenaient plus en propre.

– Merde, je laisse tomber! s'écria Louis en jetant son pinceau à travers le hangar.

Dans *Le Passage de l'enfer*, le peintre était fasciné par l'écrivain. Jamais il ne se serait détourné de lui, il ne le pouvait pas, une chose mystérieuse, irrésistible l'empêchait de quitter des yeux cet homme génial. L'écrivain, doué d'une mémoire prodigieuse, composait ses pièces de théâtre en les jouant lui-même, interprétant tour à tour chaque rôle. Ensuite, il était capable de se rappeler la moindre des phrases inventées, les figeant sur le papier devant les regards stupéfaits des autres personnages. Gene détourna la tête vers Louis, affalé sur une chaise avec un bol de riz entre les mains. Puis, brusquement, il jeta sa cigarette sur le sol et lança :

– La pièce de théâtre se déroule dans l'esprit d'un homme déchiré par deux personnalités différentes. Le premier personnage est la représentation symbolique du corps, le deuxième de l'âme. Tiraillé entre ces deux influences contradictoires, l'homme se débat sans cesse, incapable de trouver son véritable moi.

Gene s'arrêta et alla se placer devant le peintre. Il rabattit ses cheveux derrière ses oreilles, ferma les boutons de sa veste, redressa le dos.

– Le personnage du corps est prétentieux, narcissique. Toujours tiré à quatre épingles. Le spectateur doit bien comprendre cela avant que la pièce ne commence. Le personnage de l'âme, lui, est courbé sur ses pensées, épuisé par le poids des expériences douloureuses de la vie, continua Gene en ébouriffant ses cheveux et en voûtant les épaules. Après cette mise en place technique, le spectacle va commencer. Rappelez-vous bien, mesdames et messieurs, à chaque fois que je me tiens droit, je suis le corps, à chaque fois que je suis courbé, je suis l'âme.

D'un geste grandiose, Gene tira une cigarette de sa poche.

– C'était sublime, ma chère, tu ne peux pas comprendre le plaisir que j'ai éprouvé. Mais ma beauté est digne de quelque chose de plus intense encore...

Il bondit vers le chevalet, imita un vieillard sénile :

– Tu es ridicule. Ton orgueil te perdra, tu finiras comme tous les autres, vieux, laid... abandonné...

Gene pivota sur lui-même et d'un ton vaniteux, lança :

– Tu te trompes, chère âme. Toi seule mérites d'être vieille, laide et abandonnée. Tu raisonnes trop, les pensées ça donne des rides et la solitude et puis, ça ne sert à rien.

Il baissa la tête, murmura d'une voix éteinte :

– La solitude est sage. Les êtres que tu fréquentes ne t'apportent qu'une jouissance bassement matérielle, éphémère...

Plaquant les mains sur sa taille tel un mannequin de mode, il répliqua :

– Mais toi, que t'ont apporté tes soi-disant méditations métaphysiques? Rien, avoue-le!

– La paix intérieure. Cette paix intérieure que tu ne connaîtras jamais. À l'intérieur, ton visage est défiguré, répugnant parce que tu ne sais pas te respecter ni respecter les autres... Ta vie est inutile...

– Toi, la paix intérieure! Mais regarde-toi donc, sale vieillard décharné! Ah, pour sûr, tu es l'exact reflet d'un sentiment de calme, de plénitude, dit le personnage du corps en se pavanant.

– Tu couches avec n'importe qui pour satisfaire ta vanité, très bien. Mais aie la franchise d'admettre qu'en réalité tu couches tout simplement pour te donner l'illusion d'être utile. Cette utilité, tu aurais voulu la réaliser à travers l'écriture mais ton orgueil t'a fait perdre ton talent... C'est moi qui détenais ce talent. Tu m'as trahie. Désormais, jamais plus je ne te rendrai les phrases...

– Tais-toi, hurla Gene en s'écroulant par terre, tais-toi!

Son corps se convulsa nerveusement sur le sol, secoué de spasmes et de sanglots. Couché en chien de fusil, Gene se mit à hurler, hurler et hurler encore jusqu'à ce que sa voix se déchire, se brise et lui échappe. Il resta alors immobile, parfaitement immobile. Aussi immobile qu'un cadavre.

– Il est mort, tu crois? dit Sophie, abandonnant son bol de riz.

– J'sais pas, je pense, répondit le peintre.

– Bah, il va se remettre, décréta la fille en se détournant pour prendre une pomme sur la table.

Cyril, réveillé par les sanglots de Gene, se précipita vers lui et le secoua.

– Eh, ça va?! Faut peut-être que je lui fasse une piqûre d'héro, contre la douleur, c'est génial...

Aussitôt, Gene se releva.

– Une feuille, vite, une feuille et un stylo! hurla-t-il.

– Quoi?! Louis, va chercher du papier et des crayons, grouille-toi!

Le peintre, visiblement exaspéré, sortit un bloc de son carton à dessin et le tendit à Gene.

– Le stylo! Vite, le stylo!

– Patience, ça vient... voilà...

D'un geste brutal, Gene s'en empara et toujours allongé sur le sol tenta d'inscrire le premier mot. Un silence pesant s'était abattu sur le hangar. Tous les regards étaient fixés sur la main de Gene immobile sur la feuille blanche. Une grimace apparut sur son visage tandis que ce premier mot dansait devant ses yeux, insaisissable... Il agita la tête puis frappa son poing sur son bras avant de déplacer la feuille d'un centimètre et de reposer avec précaution le stylo sur le blanc. Ses doigts hésitèrent, le corps du stylo se balança un instant de droite à gauche puis brusquement Gene bondit sur ses pieds en hurlant :

– Salaud! Tu m'as volé ma pièce de théâtre! Crache-la! Rends-moi mes phrases, espèce de salaud! Tu vas me la rendre, oui?! Le premier mot, quel était le premier mot?! Tu le sais, hein, mais tu veux le garder pour toi, voleur, escroc!

– Arrête, merde! criait Cyril en essayant de retenir Gene qui se précipitait sur le peintre.

– Il a rempli le vide de sa toile avec mes mots! Son œuvre va être géniale, marquée de mon génie à moi! Il m'a volé mon génie, je vais le tuer, donne-moi un couteau, vite! Vite! Mais pourquoi a-t-il le droit de faire ça! Ma pièce, rends-la-moi! Tu entends, rends-la-moi ou je te tue! Je te TUE!

Gene se débattait furieusement entre les bras de Cyril. Tous deux tombèrent sur le sol et Gene criait toujours :

– C'est lui! Lui! Depuis deux ans, il m'observe, il

m'épie pour me voler mes phrases! Mais regardez-le, il ne bouge pas, et il sourit! Ce salaud!

– Calme-toi, merde, il t'a rien fait!

– Comment il m'a rien fait! Et mon chef-d'œuvre, c'est pas lui peut-être qui...

Cyril était parvenu à coller les épaules de Gene sur le sol mais celui-ci lui envoya un coup de genou dans l'estomac et se traîna vers le peintre. Cyril, encore étourdi par le coup, bondit de nouveau sur Gene.

Sof s'était détournée en disant avec une grimace :

– J'savais bien que c'était des pédés pour pas avoir envie avec moi!

Le peintre, toujours affalé sur sa chaise, regardait les deux hommes se battre, visiblement flatté d'être l'enjeu de la lutte. De temps à autre, il lançait un encouragement à Cyril puis au bout d'un moment, lassé de ce corps à corps à forces égales, il reprit son riz et recommença à manger en s'entretenant avec l'ange imaginaire de son génie :

Bon, j'avais trouvé le rose tyrien mélangé à une touche d'ocre jaune... Mais il manque quelque chose... Il faut que je réfléchisse... Pourquoi Picasso en peignant des horreurs est-il capable de représenter l'Art, c'est la clé de mon problème...

– T'as des problèmes, mon chou, dit Sof en s'asseyant sur ses genoux, raconte-moi tout...

Peu à peu, Gene s'épuisait. Ses cris étaient devenus des murmures, il ne trouvait plus la force de repousser Cyril qui l'avait coincé contre un mur. Dans un dernier sursaut, il tenta de se libérer puis essoufflé et tremblant, il se résigna.

– Ça va, ça va, je le tuerai pas...

– C'est rien, c'est rien, répétait Cyril en lui tapotant l'épaule.

Gene regarda autour de lui; les deux filles dansaient en fumant, le yogi avait repris sa pose de méditation, le peintre caressait Sof en bouffant son riz, le chien pissait sur la guitare... Que se passait-il?

Ses personnages n'avaient jamais réagi ainsi... S'étaient-ils enfuis du livre pour n'avoir pas été compris? Attendaient-ils un autre écrivain pour les faire vivre selon leur désir? Et ceux qu'il avait inventés, où étaient-ils? L'avaient-ils abandonné eux aussi? Pourquoi l'auteur génial avait-il perdu sa si prodigieuse mémoire et pourquoi le peintre restait-il indifférent à sa souffrance?

– Tous des cons, éclata-t-il brusquement.

– Ah, non! Recommence pas! dit Cyril, je suis crevé!

– Des cons! Ils ne comprennent rien et ils m'ont trahi! Mais je m'en fous, je vais aller écrire ma pièce et avec d'autres personnages! Jamais je ne m'abaisserai à enfermer ces idiots sur le papier!

D'un bond, il se leva. Une grimace de douleur déforma son visage, il porta la main à sa tête puis se ressaisissant cria de nouveau :

– Des cons! Je me barre! Même pas capables d'être des artistes!

– Si tu veux revenir, la porte est ouverte, murmura Cyril plié en deux. T'y as été un peu fort avec mon estomac, dis...

– Moi, revenir? Mais pour qui me prends-tu?!

Il traversa le hangar en titubant, reprit son équilibre à mi-chemin, lança une dernière insulte et disparut.

Le froid agressif de la rue fit tomber d'un coup sa colère. Il releva le col de sa veste, voûta les épaules et enfonça les mains au fond de ses poches. Tout était encore plongé dans une demi-obscurité mais déjà les passants se pressaient vers le métro, emmitouflés dans leur pardessus et leur écharpe. Sans s'en rendre compte, Gene hâta le pas. Il ne pensait plus à son premier livre mais à sa prochaine pièce de théâtre. Il retrouverait le premier mot, la première réplique, il redeviendrait le dramaturge génial créé par l'écrivain du passé.

Il quitta la rue des Abbesses et descendit la rue des Martyrs jusqu'au boulevard de Clichy. Il devait écrire cette pièce et il devait l'écrire exactement de la même façon que son personnage; en la jouant lui-même. Les yeux fixés sur le trottoir gris du boulevard, il réfléchissait. « Je peux jouer cette pièce, c'est déjà ça. Mais comment la retenir? Le problème est là, il me faut une mémoire. » Un passant le bouscula, il perdit l'équilibre et se raccrocha à la porte d'un magasin Sony. Étourdi, il resta immobile un long moment, n'entendant plus que : « mémoire, retenir, mémoire... ». Les gens s'engouffraient dans le métro et dans les bus ou s'entassaient dans les cafés, le boulevard grouillait d'une agitation agressive, déroutante. Gene, toujours adossé à la porte du magasin, murmurait : « mémoire, retenir, mémoire... » incapable de faire un geste. Un homme s'approcha de lui, un trousseau de clés à la main.

– L'heure d'ouverture, c'est neuf heures. Il est moins cinq.

– Neuf heures moins cinq... dit Gene les yeux perdus dans le vide.

– Mais enfin, si vous êtes vraiment pressé, je peux vous servir tout de suite... Qu'est-ce que vous voulez acheter?

– Une mémoire... pour retenir les voix... La pièce de théâtre est.... continua Gene plongé dans ses pensées.

– Encore un acteur! s'exclama l'homme. Vous voulez un magnétophone, c'est ça?

– Magnétophone! hurla Gene revenant brusquement à la réalité. Oui, c'est cela, il me faut un magnétophone! Il m'en faut un tout de suite! Vite, ouvrez la porte, qu'est-ce que vous attendez?!

– Du calme... Je vous fais déjà une fleur en acceptant de vous servir... Le règlement dit que...

– Je m'en fous du règlement! Dépêchez-vous!

Certainement un comédien au chômage, pensa l'homme. Visiblement il n'a pas dormi de la nuit, n'a pas mangé depuis au moins trois jours et ne s'est pas lavé depuis au moins quinze jours... Ils deviennent enragés à ce rythme-là, ça se comprend...

– C'est bien parce que je suis compréhensif, dit-il en ouvrant la porte.

Puis avec un sourire, il ajouta :

– D'ailleurs, il doit être neuf heures maintenant...

Gene se précipita dans le magasin et cria au vendeur :

– Alors, vous me le donnez oui ou non?!

– Ma compréhension a des limites. Reprenez-vous, enfin! Quel modèle désirez-vous?

– N'importe!

– Cassettes ou bandes?

– N'importe! répéta Gene de plus en plus exaspéré.

– Quel prix pouvez-vous mettre? Nous n'acceptons le crédit que pour les salariés, ajouta le vendeur, pris d'un doute subit.

Furieux, Gene se dirigea vers une vitrine, pointa son doigt sur un magnétophone et hurla :

– Celui-là, donnez-moi celui-là!

– Très bien, très bien...

L'homme avait perdu son calme devant le comportement excessif de Gene. Nerveusement, il sortit l'appareil que Gene lui montrait et l'emballa hâtivement dans un sac.

– Cinq cents francs.

Gene fouilla dans sa poche, ne trouva que deux billets de cent francs, les jeta sur le comptoir, lança un coup d'œil autour de lui et voyant que le magasin était désert, saisit brusquement le sac et courut à toutes jambes vers la sortie.

– Il me manque trois cents francs, cria le vendeur.

Mais Gene avait déjà disparu entre les passants du boulevard et, résigné, il pensa : « J'aurais dû m'en douter. »

Gene courait vers le métro, le magnétophone serré contre sa poitrine. Il tomba dans les escaliers, s'enroula sur lui-même pour ne pas heurter « sa mémoire », se releva devant les appareils de compostage et sauta par-dessus, trop impatient pour chercher un ticket. Sur le quai, une sonnerie retentissait, il courut et eut juste le temps de se glisser entre les portes, ces portes qui faillirent l'écraser.

Il a tiré les doubles rideaux et allumé la lumière pour créer l'atmosphère sombre des coulisses. Le magnétophone, soigneusement posé sur la table, le paquet de cigarettes, le cendrier et, dans la main moite de Gene, le micro.

Les yeux fixés sur la bande qui tourne, Gene s'efforce de reconstruire le décor. Quel était le sujet de l'intrigue, un meurtre, un malentendu, une scène de ménage? Et les personnages, qui étaient-ils, que disaient-ils, que faisaient-ils? Le premier mot, où est le premier mot?

Sa main tremble, son corps se crispe. Sera-t-il capable de jouer? Déjà, le trac le paralyse. Un murmure monte du trou noir de la salle, les spectateurs s'impatientent mais Gene ne peut pas articuler une seule phrase, pas un seul mot. Immobile sur la scène, le micro à la main, il attend que sa mémoire revienne... Cette mémoire posée sur la surface noire de la table, qui se tait, se tait et se tait... Gene regarde la bande qui tourne, enregistrant le silence, son silence, et puis l'oubli aussi, son oubli.

Le projecteur est braqué sur lui. Une insulte jaillit. Gene ne bouge pas. Le machiniste ouvre une trappe et lui fait signe de commencer. Mais Gene a perdu le personnage. Il ne peut pas jouer.

Le rideau tombe. La bande s'arrête.

Gene sursaute. Un tremblement nerveux agite ses lèvres, un bruit sourd martèle ses tempes, une douleur insupportable frappe ses côtes. Il tente d'articuler un son... Sa main est trempée de sueur, le son ne sort pas, sa gorge est sèche, il ne peut pas, il ne peut pas! Son regard tombe sur le micro, une rage sourde s'empare de lui et, brusquement, il le jette contre le mur. Le bruit résonne puis de nouveau le silence le menace, il se précipite sur le micro et le lance contre la table, le reprend et s'acharne à le briser, le détruire, le tuer! Le magnétophone glisse vers le sol, il le rattrape et l'envoie à travers la pièce, fou de colère et d'impuissance, cette colère et cette impuissance qui déchirent tout à l'intérieur de lui, il court vers les rideaux pour les arracher, se heurte la hanche contre la table, la violence du choc le projette contre les vitres qui se brisent sous ses poings, il hurle et retombe sur la table, cette table où la machine trône d'un air ironique, il la gifle, elle sourit, il assène un coup sur le clavier, rire! Ses mains s'abattent entre les touches mais les touches emprisonnent ses doigts, les écrasent et les broient, il hurle de douleur tandis que les tiges de fer entrent dans sa chair, son cœur se retourne, un flash l'éblouit, il hurle puis soudain épuisé, vidé, s'affaisse sur le sol.

Un sursaut de révolte reflua brusquement en lui et d'un bond, il s'écarta de la machine en arrachant ses doigts du clavier. Puis il se sentit glisser dans son néant.

Dans une demi-inconscience, son regard tomba sur ses mains blessées et un tremblement nerveux agita ses épaules. Ses doigts avaient été coupés par les éclats de verre, un de ses ongles s'était retourné, du sang coulait des plaies... Paralysé, il restait immobile, ne comprenant pas... Qui l'avait poussé à meurtrir ses mains, qui l'avait obligé à briser les vitres, à casser le magnétophone?

Debout au milieu de la pièce, il semblait attendre que les sursauts de sa folie le quittent ou que le cauchemar disparaisse, attendre que ses mains guérissent ou que l'illusion de leur laideur s'évanouisse... Mais rien ne changeait. La pièce était silencieuse, un silence accusateur... Il regarda les éclats de verre, le magnétophone, le clavier, cherchant à découvrir sur la surface de ces objets autre chose qu'une expression de mépris. Et puis après ce fut la haine, une haine farouche envers celui qui l'avait forcé à tuer ses mains.

Le pharmacien lui expliqua comment se rendre à l'hôpital Cochin : « C'est simple, vous suivez le boulevard de Port-Royal... » mais Gene n'entendait rien que la voix accusatrice de l'écrivain à qui l'on avait enlevé le moyen d'écrire et ne percevait que la peur lancinante d'être le véritable assassin. « Vous vous sentez mal? Vous voulez que je vous appelle un taxi? » La voix était douce, empreinte de commisération et Gene acquiesça d'un signe de tête, soulagé que quelqu'un s'occupe de lui. Un flash aux couleurs criardes l'aveuglait, il ne voyait plus ou ne voyait que les choses qu'il pouvait imaginer; des mains déchirées et sanglantes... « Le taxi va arriver dans un instant... Vous avez des mains de musicien... Êtes-vous musicien? Dans ce cas vous devriez aller à l'hôpital Boucicaut, la chirurgie des mains, c'est leur spécialité... Oui, dites plutôt au chauffeur de vous emmener à Boucicaut... » Il avait l'impression de sentir les plaies s'élargir, les coupures s'avancer vers ses poignets... « Vous êtes vraiment pâle... Vous vous sentez bien? » Son livre était prêt à être écrit, toutes les idées et toutes les phrases étaient déjà en lui, il ne lui restait plus qu'à les figer sur la feuille... Mais sans ses mains, que deviendrait son livre? Jamais plus il n'éprouverait la joie de voir les mots défiler sur l'espace de son univers imaginaire, jamais plus il ne pourrait combler le vide... « Le taxi est devant la porte... je vais vous aider... » Le pharmacien le prit par le bras et le mena vers la voiture puis il donna l'adresse de l'hôpital Boucicaut au chauffeur et après un dernier mot d'encouragement à Gene, claqua la portière.

Le taxi roulait et les couleurs du flash se troublèrent puis disparurent. Peu à peu, il avait réalisé qu'on l'emmenait vers un lieu magique où un chirurgien serait capable d'effacer plaies et blessures et de redonner à ses mains leur beauté parfaite. Dans quelques jours, il pourrait commencer son livre, écrire, ne plus arrêter d'écrire... Un sourire éclaira son visage et ses gestes sous l'effet de l'impatience reprirent leur nervosité. Il cria au chauffeur :

– Plus vite!

Il abandonnerait son essai... C'était sans intérêt. Ce qu'il devait raconter, c'était sa propre histoire, une autobiographie romancée en quelque sorte... Le plan se précisait dans ses pensées; il situerait d'abord le personnage, montrerait son impossibilité d'écrire puis décrirait sa peur du vide et la folie que cette peur avait provoquée... Son amour pour Prisca, son errance pour le retrouver... Il devrait parler à la troisième personne, imaginer que cette histoire était arrivée à un autre que lui, sinon il risquait de se laisser prendre au jeu et de redevenir ce Gene-là, celui qui ne pouvait pas écrire. Oui, c'était évident, il lui fallait dire ce vide pour le vaincre, c'était parce qu'il le refusait qu'il n'arrivait pas à s'en abstraire...

Il eut un brusque sursaut de peur lorsque son regard tomba sur ses mains et d'une voix enrouée lança au chauffeur :

– Plus vite!

Aussitôt qu'il eut franchi la porte de l'hôpital, il se mit à courir vers le service des urgences. Il ne remarqua rien du décor sinon les panneaux aux lettres blanches : « urgences » inscrites sur leur surface bleue. Il évita une vieille femme marchant avec une canne, bouscula un infirmier et se précipita dans le bâtiment recherché.

Le couloir était désert et Gene, légèrement désemparé, s'immobilisa quelques instants. Puis, il ouvrit la première porte, entra dans un minuscule bureau où une infirmière buvait du café en prenant des notes. Elle se tourna, vers lui d'un air exaspéré et demanda sèchement :

– Que désirez-vous?

– Il faut me recoudre les mains. Appelez le chirurgien, dit-il d'un ton de commandement.

– Désolé, le chirurgien est en train d'opérer un grand blessé et l'interne s'occupe des malades qui viennent d'arriver. Il vous faudra patienter.

Puis elle ajouta en se levant :

– La salle d'attente est juste à côté.

Gene sentit la colère monter en lui. Il n'avait pas prévu cette situation, il ne voulait pas attendre pour écrire, il ne le pouvait pas.

– Non, je ne partirai pas tant que vous n'aurez pas prévenu le chirurgien, lança-t-il entre ses dents.

– Vous n'êtes pas le seul malade de l'hôpital! D'ailleurs, vos blessures sont sans gravité.

– Sans gravité! Mais ma vie dépend de mes mains, vous ne comprenez donc pas?! Sans mes mains, je ne peux pas écrire, si elles ne guérissent pas, je me suicide!

– Calmez-vous. Je vous assure que le chirurgien va vous soigner. Qu'il recouse ces blessures maintenant ou plus tard, cela ne changera rien, dit l'infirmière d'un ton réconfortant en lui prenant le bras pour le faire sortir du bureau.

– Ne me touchez pas! hurla Gene en s'écartant. Et appelez le chirurgien!

– Ça suffit! Sortez d'ici et attendez comme tout le monde!

D'un bond, Gene se précipita vers l'infirmière et la menaça de la main.

– Vous le faites, oui ou non?!

– Très bien.

Elle revint s'asseoir et décrocha le téléphone. Gene l'observait, de plus en plus menaçant.

– Oui... Faites venir deux infirmiers au service des urgences. Non, ce n'est pas un blessé grave... Je ne peux pas vous expliquer... Dépêchez-vous!

Gene sursauta.

– Menteuse! Garce! Vous ne voulez pas que j'écrive, c'est ça!

D'un coup de pied, il renversa la table, saisit le combiné et le lança contre le mur.

– Recommencez! Appelez le chirurgien!

Il l'empêchait de sortir en restant devant la porte. Elle était paralysée, terrifiée.

– Faites-le!

– Oui, tout de suite... bredouilla-t-elle.

Et comme elle ne bougeait pas, la folie de Gene éclata et il fonça sur elle. Elle cria et s'écroula sur le sol tandis que Gene commençait à la frapper.

– Faites-le, je vous dis!

À ce moment-là, deux infirmiers entrèrent dans le bureau. Gene, aveuglé par sa colère, ne les remarqua pas et tendit le bras vers le téléphone. Deux mains s'abattirent sur ses épaules et le tirèrent en arrière. Il se débattit furieusement en jetant des coups de pied, s'empara d'un cendrier qui traînait sur la table et le lança sur un des infirmiers. Il le reçut en pleine poitrine et se plia en deux sous le coup tandis que Gene se dégageait et courait vers le couloir. Il ouvrait toutes les portes en répétant :

– Il faut recoudre mes mains! Où est le chirurgien?

Les deux infirmiers se reprirent et parvinrent à coincer Gene au fond du couloir. Il se convulsait hystériquement en tendant ses bras devant lui puis brusquement un spasme l'agita et dans un dernier cri, il s'écroula sur le sol.

10

11

On appela immédiatement un psychiatre qui lui injecta une dose de Valium et l'admit au service de psychiatrie. On trouva son portefeuille dans la poche de sa veste avec sa carte d'identité et la lettre de Prisca. Grâce à l'adresse notée au bas de la lettre, le médecin parvint à joindre Prisca et lui expliqua la situation.

– Vous voulez dire que vous allez le garder à l'hôpital?

– À moins que sa famille ou l'un de ses proches ne le fasse interner ailleurs, oui.

– Très bien. Puisque Gene n'a pas de famille, je vais faire le nécessaire. Je ne veux pas qu'il reste à l'hôpital, dit Prisca d'un ton sec. Et ses mains, sont-elles très abîmées?

– Assez, oui. Le chirurgien est en train de l'opérer.

– L'opération sera longue?

– Oui, je le crains.

– Quand pourra-t-on transférer Gene?

– Je ne sais pas, je verrai avec le chirurgien.

– Je comprends. Je vous rappellerai demain.

Et d'un geste brutal, Prisca raccrocha.

Assis devant un verre de whisky, Prisca fumait nerveusement sa cigarette sous le regard calme et imperturbable d'Aurel, un de ses amis qui dirigeait une clinique psychiatrique.

– Qu'est-ce qui t'amène? Nous ne nous sommes pas vus depuis longtemps, n'est-ce pas? lui demanda-t-il.

– Oui, en effet. Je néglige mes amis depuis quelque temps.

Puis après un silence, il ajouta :

– Si je suis venu, c'est parce que l'un de mes auteurs est dans une situation difficile. Pour aller droit au but, j'aimerais que tu le prennes dans ta clinique.

– J'ai bien une chambre de libre en ce moment... Mais tu comprends que je peux pas accepter n'importe qui... Cet homme est-il vraiment malade ou veut-il simplement faire... disons, une cure de repos, une sorte de retraite?

– Ne plaisante pas, c'est très sérieux. Gene est enfermé à l'hôpital psychiatrique.

– Dans ce cas, je l'accepte évidemment. Tu avais l'air tellement gêné que j'ai mal interprété tes intentions, excuse-moi. Je ne t'ai pas vexé au moins?

– Oh, je ne suis pas d'humeur à être vexé! Quand pourras-tu prendre Gene?

– Le plus tôt sera le mieux, je pense. Mais puisque c'est moi qui vais m'en occuper, j'aimerais que tu me parles un peu de lui...

– Tu as raison... Dans l'état où il est, tu auras du mal à savoir quoi que ce soit.

Prisca avala une gorgée d'alcool, réfléchit quelques minutes puis commença :

– Il a publié son premier livre, *Le Passage de l'enfer*, il y a deux ans. Un roman étrange, complètement imaginaire mais très juste du point de vue psychologique. Il y a environ deux mois, j'ai reçu la première partie du manuscrit qu'il est en train d'écrire, un genre d'essai, si tu veux, confus, lent et même ennuyeux. Il raconte ses rêves, ses fantasmes mais sans aucun souci de clarté ni d'analyse. Lorsque je l'ai lu, j'ai tout de suite compris qu'il était devenu incapable d'écrire et qu'il essayait de nier son blocage en... en remplissant des feuilles, oui, ce n'est vraiment rien d'autre. Je l'ai reçu dans mon bureau pour essayer de lui expliquer que son idée était intéressante mais que sa façon de l'aborder ne convenait pas au sujet. Etrangement, il n'a pas réagi immédiatement, c'est seulement plus tard lorsqu'il est venu vivre avec moi qu'il s'est braqué. Je savais parfaitement qu'il n'écrivait plus et, pourtant, il s'acharnait à me le faire croire et par là même à le croire lui-même. Un jour, j'ai tenté de lui faire comprendre, je lui ai conseillé de changer de sujet, de travailler autrement, enfin, de faire quelque chose pour résoudre son problème... Il s'est mis en colère, m'a insulté. Au bout d'une semaine, c'est devenu intenable; il s'en prenait à moi, certainement parce qu'il imaginait que je l'empêchais d'écrire et que j'avais tué son talent... Bref, on s'est quittés. Je n'ai eu aucune nouvelle, ni de lui ni de la seconde partie du manuscrit. Je suppose qu'il n'a pas écrit. Il semblait souvent absent et lorsqu'il reprenait conscience de la réalité, il devenait nerveux, fébrile, un peu comme s'il avait rêvé qu'il écrivait et se rendait compte que la scène à laquelle il participait n'était pas inventée par lui. Une fois, pendant un spectacle, il est sorti de la salle soi-disant parce qu'il avait une idée géniale et devait l'écrire. Lorsque je suis rentré, ses feuilles étaient toujours blanches, naturellement.

– Mais n'as-tu jamais rien remarqué qui pouvait laisser prévoir...?

– Oh, tu sais, on peut prendre n'importe qui pour un fou!

– Bon, et comment as-tu su qu'il était interné?

– Le médecin de l'hôpital m'a téléphoné, il avait trouvé mon adresse dans le portefeuille de Gene.

Après un moment de silence, Prisca reprit :

– Gene est arrivé aux urgences de l'hôpital Boucicaut, cet après-midi, pour se faire recoudre les mains. On ne sait pas comment il s'est blessé mais...

– Écrivait-il à la main ou à la machine?

– À la main mais il tapait ses manuscrits définitifs.

– Il attachait beaucoup d'importance à ses mains? Tu sais, les écrivains disent...

– Elles étaient très belles et Gene en était très fier. C'était une sorte d'orgueil, peut-être même du narcissisme...

– Bon, continue.

– Le chirurgien et l'interne n'étaient pas là. Gene voulait qu'on soigne ses mains immédiatement et il a piqué une véritable crise de folie... Il a menacé l'infirmière de service, l'a giflée, frappée... Enfin, une crise de folie... On a réussi à le maintenir et puis on l'a transporté en psychiatrie.

Prisca s'arrêta de parler. Au fur et à mesure de son récit, il s'était aperçu qu'il ne pouvait qu'énoncer des faits, des actes et des situations mais qu'il était incapable de définir exactement Gene. Pour la première fois depuis qu'il était arrivé chez Aurel, il sembla prêter attention au décor qui l'entourait, regarda tour à tour les photographies affichées aux murs, les coquillages posés sur les étagères, les livres jonchant la table basse. Son regard s'arrêta sur le visage de son ami. Il avait vieilli depuis la dernière fois qu'ils s'étaient vus, quelque chose dans son expression s'était modifié sans qu'il parvienne à dire précisément quoi. Aucune ride mais plutôt une lueur différente dans ses yeux, non plus d'enthousiasme mais de résignation ou, peut-être, d'amertume.

– Alors? finit par demander Prisca en allumant nerveusement une énième cigarette.

– Alors quoi?
– Eh bien, qu'est-ce que tu en penses?
– Mais je ne pense rien. Je ne peux pas penser à la place de Gene.
– Mais... ce que je t'ai dit ne te donne aucune... indication sur les... les motifs... bredouilla Prisca complètement désemparé.
– Tu me racontes ce qui s'est passé par rapport à toi. Mais Gene a peut-être vu les choses différemment.
– Tu dois bien avoir une idée! s'écria Prisca.
– Non. D'ailleurs, je ne veux pas avoir d'idée.
– Mais tu le soigneras?
– Je le soignerai, oui. Mais « je soigne mes malades et Dieu les guérit », dit Aurel comme pour lui-même.
– Je n'y comprends rien!
– Ne cherche pas à comprendre. Rédige une lettre comme quoi tu acceptes que je prenne Gene dans ma clinique et ne t'occupe de rien. Il y a du papier sur la table, ajouta-t-il, en faisant un geste. J'aimerais aussi que tu m'envoies *Le Passage de l'enfer* et la première partie de ce manuscrit dont tu as parlé. Et puis, donne-moi l'adresse de Gene, je passerai chez lui.
– Mais pourquoi?
– Pour prendre sa machine à écrire et pour voir le décor dans lequel il vivait.

Prisca signa la lettre et la tendit à Aurel. Leurs regards se croisèrent un instant puis aussitôt se détournèrent et Prisca, après une vague phrase d'excuse, quitta son ami. Il était dix heures, le spectacle allait commencer.

Deux jours plus tard, Gene, drogué et inconscient, était transféré à la clinique du docteur Aurel Camell. Durant deux semaines, il resta prostré dans un coin de son lit, le regard fixé sur ses mains dont les blessures avaient été recousues. Le docteur Camell était venu le voir plusieurs fois mais sans aucun résultat. Gene ne semblait même pas s'apercevoir de sa présence. Immobile et, muet, il gardait la tête baissée, comme perclus de silence.

Au bout de quinze jours, le docteur se décida à mettre la machine à écrire dans la chambre de Gene. Peut-être Gene préférait-il écrire que parler ou peut-être la vue du clavier le rattacherait-elle à son passé et le tirerait-elle de son mutisme. Gene ne réagit pas lorsque le médecin plaça la machine sur la table. Il caressa simplement ses mains et tenta de couper les fils des points de suture. Puis il soupira et s'immobilisa de nouveau. Aurel referma la porte, déçu et perplexe.

Le plafond tourne autour d'une mare de sang séché. Les débris de verre jonchent le sol, le clavier ensanglanté sourit, fier. Sur sa poitrine, la chaleur de ses mains meurtries. Dans le coin de la pièce, ironique et plein de défi, le magnétophone narquois.

Son lit est couvert d'un drap blanc désormais. Les fenêtres n'ont plus de rideaux et la table est moins longue. Les chats ne miaulent plus, le tic-tac du réveil s'est tu, seuls des bruits de pas et des cris rageurs brisent quelquefois le silence.

Bientôt, ses mains seront guéries et il pourra commencer son livre, son autobiographie. En deux semaines, il a déjà écrit toute la première partie, dans sa tête. Chaque paragraphe, chaque phrase, chaque mot sont inscrits dans ses pensées. Il en est arrivé au moment où Gene, après être allé à l'hôpital, est rentré chez lui pour mettre au point le plan de son futur récit. Gene réfléchit quelques instants puis murmure à voix basse : « Son regard erre sur la pièce. Dans l'obscurité, se profile la silhouette décharnée de l'assassin, traînant derrière elle la menace de sa folie, sa propre folie. Gene se lève, enfile sa veste et disparaît dans la nuit. » Le bruit de la porte qui s'ouvrait interrompit ses pensées. Une infirmière entra et s'approcha du lit.

– Il est neuf heures. Aujourd'hui, le médecin veut vous recevoir dans son bureau, il vous attend.

– Neuf heures? Les bars sont déjà ouverts à cette heure-ci. Il faut que j'y aille.

L'infirmière fut si stupéfaite de l'entendre enfin parler qu'elle ne comprit pas le sens de ses paroles. Sans un mot de plus, Gene sortit de la chambre, continuant à écrire son livre en pensée.

Quelques prostituées traînaient devant les hôtels et les bars de la rue des Capucines. Les infirmières ne comprenaient pas le regard méprisant de Gene. Il marchait lentement les mains cachées sous sa veste et la gorge desséchée de douleur et de peur. Des réverbères longeaient les trottoirs, projetant sur le sol des halos de lumière qu'il contournait comme pour échapper à cette clarté agressive. Un malade s'écria : « Mais pourquoi il s'écarte de moi celui-là, j'ai la peste ou quoi?! » L'image de ses mains meurtries se mêlait à celle du visage de Prisca, ce visage qui semblait l'accuser de ce crime qu'il n'avait pas commis. Ce n'est pas lui qui a tué ses mains, non, ce n'est pas lui...

Unc enseigne lumineuse attira son regard et machinalement, Gene se dirigea vers les lettres scintillantes avec l'espoir de sortir du cauchemar et d'entrer dans le rêve...

Il poussa la porte du bureau où les lettres « Docteur Aurel Camell » étaient inscrites. Il hésita avant d'entrer puis il lança :

– Tiens, Aurel, c'est juste le nom qu'il me manquait!

Le bar était sombre et silencieux. Gene s'avança, étrangement calme. Le docteur l'invita à s'asseoir d'un geste du bras. Gene ne pensait plus à ses mains qui pendaient à hauteur de ses hanches, livrées à tous les regards. D'un air détaché, il s'approcha du comptoir, s'appuya sur les coudes pour se hausser sur un tabouret et commanda un whisky. Le docteur, perplexe, vit Gene tourner son doigt autour des bords d'un verre imaginaire et tendre la main vers le paquet de cigarettes posé sur le bureau. Dans le miroir accroché au-dessus des alcools, Gene surprit son visage blanc, ses yeux cernés d'angoisse, ses joues creuses, ses lèvres violacées... Il détacha son regard du docteur et se tourna vers le mur comme si une voix l'avait interpellé. Le docteur appuya sur la touche du magnétophone et décida de se taire et d'observer Gene qui se mit à dialoguer avec un personnage imaginaire. Il « écrivait » le dixième chapitre de son livre.

– Vous avez exagéré, il suffisait d'un simple coup de rasoir...

Il a entendu quelque chose, se dit le docteur devant l'expression tendue de Gene qui semblait réfléchir à la réponse qu'il allait formuler. Mais il resta muet.

Aurel s'approcha de Gene, lui prit les bras, releva les manches de sa veste et examina attentivement ses poignets. Une lueur de déception passa sur son visage et inexplicablement, Gene se sentit coupable.

– J'étais persuadé que vous vous étiez ouvert les veines... Vous avez l'air de quelqu'un qui cherche la mort, je me trompe?

Les lèvres de Gene s'entrouvrirent... Il dit :

– Je ne sais pas, peut-être...

À qui a-t-il répondu? se demanda le docteur, de plus en plus troublé.

– Vous avez pris le rasoir, fixant votre regard sur

vos poignets... Mais au dernier moment, cette garce de vie a été la plus forte et la lame s'est abattue sur vos mains comme pour vous punir d'avoir éprouvé le désir de rejoindre la mort...

Qu'entend-il? Qui observe-t-il?

– Je voulais écrire la pièce de théâtre d'un auteur génial... Le micro était là, juste devant mes lèvres... J'ai voulu dire le premier mot mais quelque chose m'en empêchait... Et puis, je ne sais pas ce qui s'est passé, je me suis retrouvé sur le sol, les mains accrochées entre les touches de ma machine à écrire, une mare de sang répandue autour de moi... Ils m'avaient tué, ils m'avaient volé le premier mot et mes mains... mes mains...

Il s'arrêta de parler, terrifié par ses paroles. Il leva les yeux sur Aurel, cherchant sur son visage une réponse à sa détresse, un espoir de guérison, une preuve de son innocence.

Gene restait tourné vers le mur. Le docteur se déplaça légèrement afin de saisir l'expression de ses traits. De nouveau, il sembla entendre une voix.

– Vous ne supportiez plus la beauté de vos mains parce que ces mains ne pouvaient plus écrire... À chaque regard, elles semblaient vous accuser de votre incapacité, vous défier de ne plus jamais les laisser courir sur la feuille blanche et vous maudire aussi, vous maudire de gâcher leur perfection par cette indifférence... C'est cela, n'est-ce pas? Alors vous les avez détruites, croyant ainsi vous abstraire de l'obsession des mots, ces mots que vous ne trouviez plus, qui vous échappaient...

Stupéfait, Gene regardait Aurel, croyant se voir dans un miroir et s'entendre parler intérieurement. Comment avait-il trouvé l'explication, cette explication qui s'était dérobée devant Gene lui-même ou qu'il avait perçue sans pouvoir la comprendre, comment avait-il su? Un mouvement de colère lui échappa. Aurel buvait son whisky, la tête tournée vers la porte. Gene leva la main puis la laissa retomber, vaincu.

Il s'apprêtait à gifler le personnage qu'il voit... Visiblement ce qu'il a cru entendre l'a troublé... pensa le docteur dont Gene semblait ignorer totalement la présence.

– Vous avez trouvé... trouvé ce que j'ai été incapable de trouver...

– Vous l'aviez trouvé, seulement vous ne vouliez pas l'admettre.

– Je ne sais pas, tout est si confus...

– Comme dans un rêve...?

– Oui, comme dans un rêve... Mais le rêve dure, dure, n'en finit plus de durer et je ne sais plus si c'est un rêve ou la vie, ma vie... Quelle importance, quelle différence, je n'ai plus conscience des mots, du sens des mots...

– Alors, il ne vous reste rien.

– Non, il ne me reste rien. Mais comment savez-vous?

D'un geste lent, Gene sortit une cigarette et l'alluma, de plus en plus fasciné. Le docteur le vit de nouveau porter un verre invisible à ses lèvres. Son interlocuteur imaginaire parut réfléchir un moment car Gene, distrait, tournait sa cigarette entre ses doigts en balançant la tête de droite à gauche comme au rythme d'une musique. Puis brusquement, il s'immobilisa.

– Je vous connais déjà, même si je ne vous ai jamais vu, même si nous ne nous sommes jamais parlé...

– Votre ton mystérieux m'agace... Expliquez-vous...

Il ne parvenait plus à détacher les yeux de ce regard sombre, reflet du sien. Tout était enveloppé de l'atmosphère floue des rêves, noyé dans le brouillard irréel où cet homme lui apparaissait comme le vrai Gene, l'écrivain.

– Je vous ai rencontré, je veux dire rencontré intérieurement et, depuis, je ne cesse de vous observer, de vous deviner et de vous suivre à travers votre errance... J'ai imaginé mille fois votre vie, mille fois j'ai pensé que peut-être vous alliez recommencer à écrire ou commencer à vivre, que vous trouveriez en dehors du travail de l'écriture un moyen détourné de créer votre roman et puis non, quelque chose me disait que c'était impossible, que vous ne pouviez plus, que vous deviez abandonner les phrases et donc vous abandonner vous-même, que vous deviez rechercher la mort puisque le talent était mort en vous...

Gene tournait nerveusement son verre de whisky entre ses mains. Les paroles de l'homme lui semblaient venir du plus profond de lui-même et pourtant, ce n'était pas « Gene » qui parlait mais l'« autre », cet autre qui s'était éloigné, détaché puis perdu à travers un univers étranger...

– À un moment, je me suis même demandé si vous arriveriez ou non à jouer cette pièce de théâtre... Et à l'instant où je vous ai vu devant le magnétophone, le micro à la main, j'ai su que vous ne le pouviez pas... Ensuite, ensuite, je me suis trompé... Oui, c'était une erreur de ma part, vous étiez à ce moment-là incapable de préméditer consciemment votre mort...

Immobile, Gene scrutait tour à tour le visage de l'homme puis ses mains, ne comprenant pas, ne sachant plus quelle était la part d'imaginaire et la part de réalité...

– Lorsque je vous ai vu entrer dans ce bar, j'ai su que c'était vous. Vous, celui que je rencontre, observe et devine chaque jour à travers le roman que j'écris... et je...

– Vous écrivez! s'écria Gene. Vous écrivez mon histoire! Voleur! C'est vous qui m'avez poussé à tuer mes mains, c'est vous qui m'avez dérobé mon livre!

Je vous déteste, vous m'avez tout pris! hurla-t-il furieux et déjà il se précipitait vers la porte.

Le docteur appuya sur la touche du magnétophone avant de dire :

– Je vous attends ici tous les jours à neuf heures.

La voix était neutre et pourtant Gene perçut dans ces paroles une nuance d'ironie. Il renversa une chaise sur son passage. Un des points de suture de ses mains s'était ouvert, et le sang coulait le long de son doigt, et le talent coulait le long de son âme...

Le docteur releva la chaise que Gene avait renversée et revint s'asseoir devant son bureau. Indécis devant le magnétophone, il alluma une cigarette. Gene délire, pensa-t-il. Ce personnage qu'il invente est écrivain, l'écrivain qu'il a été et voudrait toujours être... Croit-il réellement à l'existence de ce personnage ou... non, il ne sait pas que c'est une illusion, évidemment. Aurel se leva et se mit à la place que Gene avait occupée. Je suis ridicule, se dit-il, je ne dois pas entrer dans le délire de Gene. Si je joue son jeu, il l'abandonnera, je dois rester spectateur... Il sortit du bureau et vit Gene, debout devant la porte de sa chambre, cherchant quelque chose dans sa poche. Il fit le geste de tourner une clé dans la serrure puis entra.

Les talons d'une infirmière résonnaient sur le carrelage et le tic-tac du réveil emplissait ses pensées d'un bruit sec et martelé. Dans le couloir, une porte claqua. « Le locataire du deuxième étage... » se dit Gene. Puis il ferma les yeux et « écrivit ».

Sa chambre était plongée dans l'obscurité et le froid. Les éclats de verre épars sur le sol brillaient dans le noir, diamants, lueurs, étoiles. Allongé sur le dos, les mains soigneusement étalées sur sa poitrine, il tentait de se remémorer les paroles d'Aurel et de dessiner son visage sur la surface blanche du plafond. Mais tout s'échappait. Il ne restait en lui qu'une amère sensation d'impuissance et une sorte d'humiliation de n'avoir pu percer les pensées de cet homme et d'avoir été entièrement découvert, livré. Il avait cru qu'il pourrait le rejoindre dès que le rêve s'évanouirait et comme toujours, la nuit l'avait rendu à lui-même, plus cruelle encore car chargée de la certitude que Gene ne reviendrait jamais mais continuerait d'exister en dehors de lui.

Il est seul. Seul avec l'évidence de son inutilité et le souvenir torturant de cet écrivain. Seul avec des mains qui meurent dans le silence, la solitude et la douleur. Seul pour continuer son errance vers le néant.

Dans le couloir, un cri jaillit.

Les chats miaulent pour demander une histoire. Le magnétophone, couvert de verre et de sang, semble enregistrer le vide de son esprit. La forme de la machine se dessine dans le noir, désormais inutile puisque son ennemi est devenu faible, vulnérable et insignifiant. Et le réveil, inlassable, égrène un temps sans heure, sans joie et sans espoir...

L'infirmière continuait à marcher, claquant bruyamment ses talons sur le carrelage.

Aurel... Peut-être n'existe-t-il pas réellement, peut-être n'cst-ce qu'une image fugitive, une vision, un simple effet de son imagination... Il a inventé ce bar, cet homme et ces paroles pour se donner l'illusion que rien n'était mort et puis, lorsque la réalité est revenue, il a cru que le reflet s'enfuyait alors que ce reflet s'était caché en lui... Oui, c'est cela... Comment expliquer autrement la perspicacité d'Aurel et l'exactitude de ses intuitions? Ce n'était qu'un songe, un cauchemar, se répète Gene.

Ses mains étaient lourdes. Elles semblaient se

nourrir de ces coups secs, réguliers, douloureux, résonnant jusque dans sa tête.

Dans la chambre contiguë à celle de Gene, un malade frappait ses poings sur le mur.

Il tenta de les lever de sa poitrine mais rien ne semblait pouvoir les détacher de son torse où lentement elles s'acheminaient vers leur mort. Il murmura un mot d'excuse mais déjà, il savait qu'elles ne l'entendraient pas, ne l'écouteraient pas. Il était seul. Désespérément seul dans le noir de cette mort s'approchant.

Un infirmier avait injecté une dose de Valium au malade et le silence revint dans la clinique.

Le plafond et les murs tournaient devant ses yeux. La table noire était placée en travers de la pièce, jonchée d'éclats de verre et de feuilles tachées de sang... Vertige... Les vitres de la fenêtre étaient brisées, les rideaux déchirés...

Derrière les carreaux opaques, les feuilles des arbres s'agitaient sous le souffle du vent dessinant en transparence des formes découpées.

« C'est encore un rêve, pense Gene, je ne suis pas tout à fait sorti du sommeil... » Un visage apparut entre les arabesques du brouillard voilant son regard, un visage sombre qui ressemblait étrangement au sien mais n'avait pas cette expression traquée... « Aurel... » Il disparut avec un sourire, revint, les lèvres pincées, l'air coléreux. « Je dois écrire... Dès que le vertige me libérera, j'écrirai... Je ferme les yeux... La table va se remettre en place, propre et nette, les vitres vont se recomposer, les feuilles vont redevenir blanches et belles... »

L'infirmière entra dans la chambre et posa les médicaments et le verre d'eau près de Gene.

Il tenta de se redresser mais une douleur aiguë transperça ses mains, ses bras, ses épaules puis son corps tout entier. Il gémit et retomba sur le lit. « Est-ce la réalité? Ai-je brisé ces vitres, frappé cette table, ce clavier, tué mes mains et rencontré cet écrivain? Le cauchemar n'est donc pas terminé? » Peu à peu les souvenirs de la nuit refluaient en lui, torturants, obsédants. « Je dois me réveiller, c'est insupportable! » Il esquissa un mouvement mais sa main refusait de bouger, paralysée par les fils des points de suture qui tiraient sa peau au moindre geste. « Ce n'est pas un cauchemar mais la vie, ma vie... » Ses doigts, trop enflés, ne pouvaient pas se plier. Il retarda encore un instant le moment où il « devrait » les regarder. Un espoir vain s'infiltrait en lui : « Peut-être sont-elles aussi belles qu'autrefois... peut-être n'est-ce qu'une douleur imaginaire... » mais il ne put réprimer plus longtemps le battement instinctif de ses paupières et il fut obligé de « les » voir. Pétrifié, il les observait comme pour leur reprocher de l'avoir abandonné.

– Ne prenez pas cette mine! s'écria l'infirmière d'un air exaspéré. Ces blessures ne sont pas si terribles.

Et elle ajouta en se dirigeant vers la porte :

– N'oubliez pas de prendre vos médicaments!

« Où sont les autres? Les miennes, les vraies? Qu'en avez-vous fait? Pourquoi me les avoir volées? » Le visage sombre reparut et la colère monta en lui, il se débattit pour saisir l'image et la remettre à l'intérieur de son corps mais la vision était sans matière, sans substance...

Il sait tout de moi. Il savait que je viendrais dans ce bar, il sait que les mots se sont dérobés, que je n'ai plus rien sauf le souvenir d'avoir un jour pu écrire, que je suis seul au bord du vide de la mort après avoir été trop longtemps seul face au vide de la feuille... Que puis-je tenter contre lui puisqu'il prévoit chacun de mes gestes et devine chacune de mes pensées, puisqu'il connaît tout de mon âme et perce mes intentions avant même qu'elles ne se précisent dans mon esprit... Rien que son regard me paralyse, m'empêche de penser, me vide de tout ce qui existe encore en moi! Je suis resté accoudé au bar, les yeux rivés sur lui, incapable de prononcer une parole ou de tenter de l'égarer par des mensonges, rien, je n'ai rien fait pour le détruire... Après tout, il avait mille chances de se tromper, de me prendre pour un autre... Pourquoi l'ai-je écouté? J'aurais pu feindre l'étonnement, prétendre que je n'étais pas celui qu'il connaissait ou le frapper, le frapper et le frapper encore, encore et encore jusqu'à ce qu'il avoue! Avoue m'avoir volé mes mains, mon livre et mon talent! Pourquoi ne l'ai-je pas fait?! Je me serais réveillé ce matin à quatre heures, j'aurais été m'installer devant ma table, j'aurais pris le stylo, j'aurais...

Un sanglot déchira sa voix. Il porta la main à son visage et poussa un cri en sentant ce contact rugueux puis humide sur sa peau. « Vont-elles guérir? Vont-elles me pardonner? » Tout était silencieux. La table noire était en travers de la pièce, les vitres brisées, les feuilles tachées.

Il se leva avec difficulté, prit ses vêtements mais n'arriva pas à fermer les boutons de sa chemise ni à remonter la fermeture Éclair de son jean. De nouveau, la peur s'éleva en lui, précipitant ses gestes et troublant son regard, « Je suis infirme », cria-t-il en sanglotant tandis que ses mains refusaient de lui obéir. Il enfila hâtivement un pull, parvint à tirer la fermeture Éclair à l'aide d'un stylo, jeta sa veste sur ses épaules et sortit de sa chambre.

Il longea le boulevard Montparnasse jusqu'à la rue de Rennes comme pour élargir la distance qui le séparait de sa chambre. Les malades qui s'étaient habitués au délire de Gene ricanaient en le voyant s'arrêter aux feux verts. « Il fait froid, t'as l'air glacé! Accélère, mon vieux! » s'écria l'un d'eux. Malgré le froid, il marchait sans se presser, son attention étant portée sur la douleur qui maintenant semblait avoir envahi tout son corps. Il n'arrivait pas à croire que c'était lui l'auteur de ce meurtre. Un démon se serait infiltré dans son esprit pour le pousser à le commettre mais lui ne pouvait en être responsable, non, pas lui. Et pourtant, le remords torturait ses pensées, à chaque pas plus obsédant. « C'est les Champs-Élysées, tu crois? » demanda un jeune homme. « Mais non, il est pas assez bronzé pour les Champs-Élysées... Moi, je crois plutôt qu'il est rue de Londres. »

Plus rien autour de lui n'avait d'existence propre. Son regard ne pouvait pas se détacher du sol gris où l'image de ses mains meurtries défilaient au rythme de sa marche. « Le trottoir doit être drôlement intéressant, dis donc : » « Il cherche un billet de cent balles! Les gens perdent leur argent dans la rue, tu savais pas ça? » Il ne pouvait pas entendre autre chose que la voix de cet homme, penser à autre chose qu'à ses paroles, éprouver autre chose qu'un besoin sans cesse plus intense de vengeance. Le vrai Gene n'était pas mort, il pouvait encore le rejoindre, le garder. Il l'avait vu, écouté, frôlé, il aurait pu le saisir si le regard de cet homme ne lui avait dérobé ses derniers sentiments de haine et de révolte. Il le retrouverait, il le détruirait et il redeviendrait Gene, le vrai Gene.

Étrangement, cette certitude le laissait indifférent. Il était vide, épuisé, un peu comme si l'attente à force de durer avait anéanti jusqu'à l'envie de se retrouver lui-même. Il ne restait qu'une sorte d'obstination et d'orgueil à vouloir le saisir. Le véritable désir était mort.

Machinalement, il entra dans un restaurant de la rue d'Assas. « C'est pas trop tôt, il se décide enfin à venir manger au réfectoire, dit l'infirmière. J'en avais marre de lui porter des plateaux! » La salle était immense mais presque entièrement désertée à cette heure tardive. « Va chercher quelque chose pour lui aux cuisines! » « Mais il est dix heures, ils doivent déjà faire la vaisselle! Le dîner est à sept heures! » « Le docteur m'a dit de... » « Bon, ça va, ça, va, j'y vais... » maugréa l'infirmier. Gene alla s'asseoir dans un coin sombre, comme menacé par les regards et la présence des derniers clients. « Il ne doit pas m'aimer pour s'écarter de moi comme ça », songea l'infirmière. Il sortit maladroitement une cigarette, hésita à l'allumer car le contact du papier irritait les blessures de ses doigts, puis décida de la remettre dans le paquet. « Il a dû être mime pour tenir aussi bien des objets qui n'existent pas », se dit l'infirmière. Ne pas penser à fumer, se répéta Gene plusieurs fois. Et pourtant, il ne pensait maintenant qu'au goût du tabac dans sa gorge, qu'à la fumée envahissant ses poumons, qu'au geste de la main prenant le briquet... Un garçon s'approcha de lui, il commanda un steak et d'un geste gauche prit une cigarette. « Je pourrais peut-être pas lui donner un steak, mais la cigarette, c'était la moindre des choses tout de même », pensa l'infirmier.

Entre chaque bouffée, son regard revenait sur ses mains. La révolte l'envahissait au souvenir de ses doigts blancs et fins, de ses ongles impeccablement soignés, de la perfection de celles qui désormais gisaient sur la table, inutiles. Étrangement, l'idée qu'il ne pouvait plus écrire ne l'inquiétait pas, c'était seulement cette sensation de perte qui le troublait, l'accusait. Il scrutait chaque blessure comme pour y découvrir le signe d'une prochaine guérison, mais seule une sorte de dégoût s'élevait en lui et, rapidement, il détournait son regard.

Avec difficulté, il parvint à couper son steak. Le garçon lui avait proposé de l'aider mais il avait refusé, poussé par un orgueil inutile. L'infirmier, devant l'expression coléreuse de Gene, n'avait pas insisté. La nourriture avait un goût désagréable de maladie et de sang. « Pas assez cuit », pensa Gene avec une grimace. Il abandonna ses efforts après quelques bouchées et légèrement coupable alluma une autre cigarette. « Quand on a envie de fumer, on peut rien bouffer, je sais ce que c'est », se dit l'infirmier après avoir donné son paquet de Gitanes à Gene.

Malgré lui, ses pensées revenaient vers Aurel. Il lui semblait que sa véritable personnalité avait été définitivement tirée de son être par cet homme étrange pour qui il ressentait un sentiment ambigu de haine et d'attirance. Ses paroles résonnaient encore, agaçantes de vérité : « À chaque regard, elles semblaient vous accuser... » « croyant ainsi vous abstraire de l'obsession des mots... » Ses yeux fixèrent une forme floue et mouvante au-delà du mur. Il le voyait, il le voyait parfaitement et pourtant, il ne pouvait l'atteindre, le rejoindre ni même l'effleurer. Aurel s'approchait mais Gene restait paralysé, fasciné par son regard... « Ces mots que vous ne trouviez plus... » Comment savait-il, comment avait-il compris la plus secrète de ses pensées, si secrète que même lui avait refusé de l'admettre? Mais c'est une illusion! Aurel n'est qu'un fantôme à qui tu as prêté ton talent! C'est normal qu'il connaisse tout de toi! Dans ce cas pourquoi a-t-il dit : « Je me suis trompé... oui, c'était une erreur de ma part »? Quel pouvoir possède-t-il donc pour me « faire faire » telle ou telle chose? Pourquoi a-t-il parlé de moi comme s'il cherchait à me définir, à me décrire comme si j'étais en quelque sorte un être qu'il aurait inventé sans savoir que j'existais? « Mais tu n'as rien compris! Il écrit ton histoire, depuis deux ans, il travaille à ton autobiographie! » Un sourire se dessina sur les lèvres de Gene. Son moi écrivait le livre, son livre. Lorsque le dernier chapitre serait terminé, il disparaîtrait, lui laissant le manuscrit. Il baissa la tête sur la surface blanche de la nappe et y grava la phrase de son dernier espoir : « Je vous attends ici tous les jours... »

12

L'horloge de la rue de la Paix indiquait sept heures. Dans les couloirs, les femmes de ménage lavaient le carrelage sous l'œil indifférent de Gene. Il avait marché tout l'après-midi, s'arrêtant à plusieurs reprises dans un café pour reprendre son souffle et fumer une cigarette. L'infirmière de nuit, suivant les instructions du docteur, avait laissé Gene déambuler d'un bout à l'autre de la clinique.

Transi de froid, il restait immobile sur le trottoir, les yeux fixés sur l'horloge. « Qu'est-ce qu'il regarde donc? » se demanda une femme de ménage. Il se rappelait être passé place Vendôme, place du Marché-Saint-Honoré pour aller dans ce bar, mais ensuite tout s'effaçait, il n'avait plus aucun souvenir précis ni de la rue ni du décor, seuls le visage et les paroles d'Aurel s'étaient gravés dans sa mémoire. Désespérément, il tentait de retrouver au moins le nom du lieu ou la description de l'endroit mais non... rien. Il avait tout imaginé et tout prévu pour entraver sa victoire, tout sauf cet oubli stupide, cette condition bassement matérielle; le nom du bar. Il se trouvait exactement dans la situation du condamné à mort de Sartre qui deux jours avant l'exécution se voit emporté par une épidémie de grippe espagnole.

Il prit l'avenue de l'Opéra, scrutant avec attention

chaque immeuble afin d'y découvrir un indice, une trace de sa venue, Un malade qui venait de se réveiller et sortait de sa chambre lança : « il s'est soûlé toute la nuit! Il arrive plus à retrouver la porte de son immeuble! » Il passa devant des restaurants, des boutiques de vêtements, des magasins de chaussures, des confiseries, parfumeries, maroquineries... De plus en plus anxieux, il hâta le pas puis se mit à courir, ne pensant plus à sa fatigue ni à sa douleur mais seulement à cette dernière phrase : « Je vous attends ici tous les jours... » « Tu veux mon avis, murmura le jeune homme à son voisin de lit; il a la chiasse! » Épuisé, il arriva rue Saint-Honoré et réprima un mouvement de rage et d'impuissance avant de retourner vers la place Vendôme. L'attendrait-il, allait-il penser qu'il ne viendrait pas? Il devait le retrouver pour lui raconter les détails de son autobiographie sinon son livre ne serait jamais fini! Il trébucha contre le trottoir, renversa un passant en répétant « je vous attends ici tous les jours », comme pour s'abstraire de son angoisse. L'infirmière se releva en jetant une insulte à l'adresse de Gene mais il avait déjà disparu dans la rue Saint-Roch.

Neuf heures et il entrait machinalement dans chaque bar de la rue des Petits-Champs, faisait le tour de la salle en dévisageant les clients avant de repartir farouchement vers un autre espoir. Il le retrouverait, cela seul comptait. Affolée, l'infirmière était venue prévenir le docteur que Gene ouvrait toutes les portes des chambres et dérangeait les malades. « Laissez-le faire », avait-il répondu.

Son espoir s'ouvrait, se refermait... Rue de Richelieu, rue Sainte-Anne, rue du Docteur-Casanova, des bars, des gens, des verres d'alcool, des musiques. Mais Aurel, Aurel n'était pas là. Étourdi et désespéré, il continua ses recherches rue des Capucines. Il poussa une énième porte, entra dans une énième salle, scruta des énièmes clients lorsque enfin, il le vit.

Le docteur appuya aussitôt sur la touche du magnétophone. Gene regardait fixement le mur. Son personnage imaginaire est déjà là, pensa le docteur. Étrangement, Gene ne ressentit aucune joie mais plutôt une sorte de peur car, déjà, il sentait que tout en lui s'échappait pour se figer sur cet homme. Une envie brusque de partir le saisit mais quelque chose de plus fort le dominait, le poussait à s'approcher et s'approcher encore... Le docteur observait Gene marcher lentement d'un bout à l'autre du bureau. Aurel lui tournait toujours le dos, Gene n'était plus qu'à un mètre à peine de lui. Il s'assit sans un mot et avant même que leurs regards se croisent, Aurel lança :

– J'étais sûr que vous viendriez. Absolument sûr.

« Il a été surpris par la réplique... Mais quelle réplique? »

Ils s'observèrent un long moment. Encore une fois, Gene sentit sa mémoire se dérober, son véritable moi se figer dans le regard de cet homme et son esprit se vider de toute pensée, de toute parole.

– Vos mains ne vous font pas trop souffrir?

– Souffrir? répéta Gene.

– Ah, oui! J'oubliais... Vous ne ressentez que la douleur qui vient de l'intérieur, le malaise existentiel de l'homme face à l'inutilité de sa vie, de l'artiste en proie à l'angoisse devant la fragilité, voire la perte, de son talent, n'est-ce pas?

« A-t-il entendu quelque chose à propos de la souffrance? Souffrance morale, physique? Est-il question de ses mains? » se demandait le docteur devant l'air concentré de Gene.

Gene ne bougeait pas. Il avait perçu les paroles d'Aurel mais n'en avait pas compris le sens. Brusquement la peur disparut de son regard et c'est d'un geste parfaitement assuré qu'il prit une cigarette dans le paquet du docteur, d'une voix parfaitement calme qu'il dit :

– Posez-moi toutes les questions que vous voulez à propos de ma vie... Vous ne devez faire aucune erreur dans mon livre... Or, vous avez failli en faire une, n'est-ce pas?

– Exact. Mais j'ai rectifié.

– Donc, demandez-moi les choses sur lesquelles vous avez des doutes...

– Vous jurez de ne pas mentir? De ne pas m'égarer afin que mon livre devienne tout à fait incohérent?

– Votre livre? Mais c'est le mien. Allez-y, questionnez!

Aurel réfléchit quelques instants, indécis. Il remua les lèvres comme pour parler puis brusquement se détourna de Gene et cria à l'adresse du barman :

– Deux whiskies s'il vous plaît!

– Alors, et ces questions?

Le docteur hésita mais très vite se reprit. Il savait qu'interrompre le dialogue entre Gene et son personnage serait une erreur.

Aurel semblait anxieux. Il fumait cigarette sur cigarette et son regard avait perdu son expression imperturbable de calme. D'une voix hachée, il dit comme pour lui-même :

– Je piétine. Vous m'échappez. Je serais incapable de dire ce que vous ressentez en ce moment, à quoi vous avez réfléchi avant de venir ici. Je ne vous vois pas dans ce bar et pourtant, vous y êtes. Peut-être est-ce une erreur de ma part de vous rencontrer, je ne sais pas, je n'y comprends plus rien.

– Oh, non! Ce n'est pas une erreur! s'exclama Gene avec volubilité.

« Visiblement, il est satisfait des réactions de son interlocuteur », pensa le docteur, attentif et silencieux.

Aurel reprit d'un ton agacé :

– Où étiez-vous, qu'avez-vous fait, qu'espériez-vous en revenant dans ce bar, je l'ignore... Êtes-vous en colère? Non... Désespéré? Non plus... Qu'attendez-vous de l'avenir, quels sont vos rêves, comment supportez-vous la perte de vos mains, tout cela, je n'arrive pas à le sentir.

– Pourquoi serais-je en colère ou désespéré? Vous allez écrire mon livre puis vous disparaîtrez. Si depuis deux ans je n'arrive plus à écrire c'est parce que vous écriviez pour moi, avec mes phrases, mes mots, mon talent. Je n'ai donc rien perdu... Vous allez écouter ce que je vais vous raconter puis vous finirez mon autobiographie et ensuite vous partirez en me laissant mon moi véritable et mon manuscrit. C'est juste, n'est-ce pas, puisque vous n'êtes en réalité que mon secrétaire. C'est moi qui par une sorte de transmission de pensée vous dicte au fur et à mesure les chapitres...

Gene parlait d'une voix lointaine et pourtant, toute son attention semblait fixée sur ces paroles qu'il venait de dire, sur le sens de ces paroles. Il resta silencieux un moment puis de nouveau leva les yeux sur Aurel. L'anxiété se lisait sur son visage et satisfait, Gene sourit.

– Vous acceptez de me raconter votre vie parce que vous pensez que je suis... comment dire... que je suis en quelque sorte la personnification du talent que vous avez perdu...

– Exactement.

– Vous pensez qu'une fois le manuscrit terminé, je vais m'effacer et vous laisser le talent que je vous ai « volé »?

– Oui.

– C'est donc pour cela que votre attitude a changé et que vous semblez avoir trouvé... une sorte de sérénité?

– Oui.

– C'est parfait, parfait, murmura Aurel comme pour lui-même.

Puis d'une voix ironique, il ajouta en se tournant vers Gene :

– Mais vous vous êtes trompé. Vous m'avez livré vos pensées, je vais donc pouvoir continuer mon livre. Mais ce livre est le mien et non le vôtre. Rien ne peut m'obliger à vous le donner.

Gene sursauta.

Légèrement décontenancé, le docteur le voyait s'agiter sur son fauteuil lorsque brusquement, il s'écria :

– Vous mentez! Sans moi, vous ne pouvez pas écrire!

Aurel sourit.

– Exact. Sans vous, je ne...

– C'est donc MON manuscrit! l'interrompit Gene de plus en plus nerveux.

– En quelque sorte, oui, c'est le vôtre.

Aussitôt, Gene se calma. Il porta le verre à ses lèvres puis lança :

– Nous sommes donc d'accord.

Un long silence suivit. Gene semblait se complaire dans la certitude de sa victoire tandis qu'Aurel l'observait, un sourire sarcastique aux lèvres.

– Continuez vos questions!

– Non. Je dois réfléchir maintenant. Seul.

Aurel vida son verre de whisky et tendit un billet au garçon.

Le docteur vit Gene se lever brutalement de son fauteuil.

– Non! Ne partez pas! Je ne peux pas rester seul, vous n'avez pas le droit de partir maintenant!

– Je dois vous deviner et non vous observer, dit Aurel en se dirigeant vers la porte.

– Mais que vais-je faire, où vais-je aller?

– C'est ce que vous me direz demain, ici à neuf heures. Au revoir, Gene, dit le docteur.

Gene se précipita à la poursuite d'Aurel mais déjà, il avait disparu dans l'obscurité.

Il quitta le bar, étourdi et désemparé. « Tiens, il est aveugle maintenant! Regarde-le, il titube sur son trottoir! » lança un malade en éclatant de rire. Il marcha au hasard, insensible au froid et à la douleur qui lentement remontaient dans son corps. Une prostituée lui murmura à l'oreille : « Trois cents francs mon chéri. » Il s'écarta et continua à longer la rue. « Je lui ai simplement demandé si je pouvais l'aider... » bredouilla l'infirmière. Il n'avait plus rien qu'une amère sensation de désillusion et de perte, qu'un remords enfoui quelque part en lui sans qu'il parvienne à en saisir la cause et que le désir de rejoindre cet autre dont l'âme s'était perdue à travers la sienne. Mais tout était noir, impénétrable, et ses pas, amplifiés par le silence des rues et par son propre silence, le précipitaient dans l'ombre de cette nuit, sans cesse plus profonde.

Sa chambre était glaciale et sinistre. Il essaya de faire du café mais ces mains ne parvinrent pas à ouvrir le paquet ni à sortir une tasse. Il s'allongea sur son lit dans l'espoir de sombrer aussitôt dans l'oubli et, le visage figé comme un masque, il attendit que le sommeil s'empare de son corps.

Des rayons de soleil passaient à travers le feuillage d'un arbre, formant sur le carrelage et sur les murs des arabesques mouvantes; un vent faible agitait les feuilles.

Les phares de voitures éclairaient la pièce, projetant sur le plafond des rideaux de lumière fugitifs. Dans la cour, les chats miaulaient et se battaient.

Un malade se débattait furieusement entre deux infirmiers qui tentaient de le maintenir.

Ses mains, posées à plat sur sa poitrine, ne parlaient plus, pas même pour l'accuser... Silence... Un silence plus terrible encore que les insultes, un silence dont le vide résonnait pour envahir l'espace de ses pensées et lui dérober jusqu'à l'envie de détruire ce néant. Quelque part, des mains couraient sur un clavier ou sur une feuille mais ces mains n'étaient plus les siennes, seule cette vision lui appartenait.

Il se leva et se dirigea vers la salle de bains. Un tube de somnifères traînait dans l'armoire à pharmacie. Il avala trois cachets et, soulagé, revint s'allonger sur son lit.

Les pilules blanches que l'infirmière avait posées la veille sur la table de nuit de Gene avaient disparu.

Ce soir-là, Prisca invita Aurel à dîner. Ils se retrouvèrent dans un restaurant de la rue de Berri, dans une salle enfumée et bruyante. Prisca semblait mal à l'aise, nerveux. Il n'arrêtait pas de jeter des coups d'œil furtifs autour de lui comme pour éviter le regard parfaitement calme de son ami. Aurel l'observait dans l'espoir de découvrir un lien entre lui et le délire de Gene mais ses réflexions n'aboutissaient pas, comme toujours depuis qu'il connaissait Gene.

Après quelques remarques banales, Prisca se décida enfin à demander :

– Et avec Gene, où en es-tu?

– Nulle part. On dirait qu'il joue une pièce de théâtre. Il prend mon bureau pour un bar, s'entretient avec un personnage imaginaire qui apparemment est l'écrivain qu'il ne parvient pas à être... Arpente toute la journée ou toute la nuit les couloirs de la clinique en s'imaginant que ce sont des rues...

– Il ne réalise pas qu'il est dans une clinique?

– Non, pas du tout. Tu sais, ma clinique n'est pas

une prison, les malades sont libres de circuler, d'entrer dans les bureaux des infirmiers... J'essaie que la surveillance soit le plus discrète possible.

– Et de quoi parle-t-il avec... ce personnage?

– D'une autobiographie... Il semble que ce personnage écrive l'histoire de Gene. Naturellement, comme c'est Gene qui invente les répliques de ce personnage, il lui fait dire à peu près ce qu'il veut... Pourtant, parfois il se met en colère comme si ce personnage lui échappait, prenait une existence propre qu'il ne parvenait plus à maîtriser... Aujourd'hui, par exemple, il a expliqué à son interlocuteur invisible qu'il devrait lui donner son manuscrit une fois terminé. Le personnage a semblé acquiescer car Gene s'est montré très satisfait puis tout à coup, Gene est devenu furieux... Je ne sais pas exactement pourquoi... Je suppose que l'interlocuteur s'est révolté...

Sidéré, Prisca tournait nerveusement une cigarette entre ses doigts.

– Et comment s'appelle ce... personnage?

– Rassure-toi, il ne s'appelle pas Prisca. Gene n'a jamais prononcé ton nom, je crois qu'il l'a nommé Aurel.

Le garçon s'approcha d'eux et Aurel dut s'interrompre. Rapidement, Prisca commanda puis de nouveau se tourna vers Aurel :

– Et alors?

– Je ne peux rien dire. Je ne parviens pas vraiment à deviner les répliques du personnage...

– Mais pourquoi supposes-tu que cet interlocuteur s'appelle Aurel?

– Une phrase que Gene a dite le premier jour en entrant dans mon bureau : « Tiens, Aurel! C'est juste le nom qu'il me manquait! »

– Lui manquait pour quoi?

– Je n'en sais rien. Gene délire, comment veux-tu que je comprenne? Je ne peux pas entrer dans sa tête! répliqua Aurel d'un ton où pointait une nuance d'exaspération.

Prisca se tut, légèrement vexé. De nouveau son regard erra d'un bout à l'autre de la salle. Il prit une cigarette, la reposa, la reprit et finit par l'allumer.

– Mais que vas-tu faire?!

– Rien. Attendre.

– Attendre?!

– Oui, attendre que Gene règle ses comptes avec son personnage.

– Mais son délire peut durer des mois!

– C'est un fait. Mais je ne peux rien faire. Gene ne me voit pas et ne m'entendrait pas si je lui parlais. Et puis son délire semble si lucide, si cohérent que je me demande même si Aurel n'existe pas et n'écrit pas, ailleurs peut-être...

– Mais alors, tu ne sers à rien?

– Je me le demande. Gene peut-il imaginer son personnage lorsque je ne suis pas dans le bureau...

Le garçon posa les plats sur la table. La nervosité de Prisca s'accentuait si bien qu'Aurel lui demanda :

– Mais qu'as-tu?

– Rien... mais... Rien du tout!

– Mais quoi?

Prisca esquiva la réponse en se servant un verre de vin.

– Tu te sens responsable de la maladie de Gene.

– Tu n'y comprends rien! Tu m'exaspères à la fin, il faut toujours que tu trouves des sentiments de culpabilité par-ci, d'infériorité par-là... Que tu sois psychiatre dans ta clinique, d'accord, mais avec tes amis tu pourrais t'abstenir de sortir tes théories freudiennes!

– Je te ferai remarquer que c'est toi qui me cantonnes dans mon rôle de psychiatre, fit observer Aurel avec un sourire.

– Je suis désolé, je suis tellement sur les nerfs que je ne sais plus ce que je dis.

– Si je voulais te mettre en colère, je te demanderais pourquoi tu es tellement sur les nerfs et j'en reviendrais à mon fameux sentiment de culpabilité.

Prisca feignit de n'avoir pas entendu et commença à manger d'un air morose. Aurel, plongé dans ses pensées, garda le silence. Un orchestre s'était installé au fond de la salle et une musique assourdissante jaillit, couvrant le bruit des conversations. Toute discussion devint impossible, aussi finirent-ils leur repas sans se parler davantage.

Ils sortirent du restaurant vers onze heures. Prisca prétexta un travail important à finir et quitta Aurel qui le regarda s'éloigner vers l'enseigne lumineuse d'une boîte de nuit d'un air entendu.

L'infirmière du matin entra dans la chambre de Gene et le secoua par l'épaule pour le réveiller.

Il avait dormi d'un sommeil sans rêves et sans images, un sommeil vide. Une pluie fine tombait, s'infiltrant dans la chambre par les vitres brisées et il sentait sur son épaule le contact humide de l'eau. Il se redressa lentement et regarda le réveil; huit heures. Stupéfait, il le prit et le porta à son oreille pour s'assurer qu'il marchait. L'infirmière ne retira pas son poignet des mains de Gene. Au bout d'un instant, il reposa l'objet sur le sol et d'un air las, sortit de la chambre.

La nuit l'enveloppait d'une sensation étrange d'irréalité et de non-vie. Les affiches des cinémas, les vitrines, les gens n'étaient pour lui que visions déformées de son imagination, toiles peintes d'un décor de théâtre ou diapositives projetées sur les murs vides de la ville. Le monde qui l'entourait était vide et cette accumulation de lumières et de maisons une simple illusion d'optique provoquée par le malaise, le vertige d'un espace blanc.

Sans savoir comment, il arriva rue des Capucines. Les lettres scintillantes clignotaient, seule réalité de son univers, seule certitude.

Le profil d'Aurel se dessinait dans la demi-pénombre. Il s'approcha du comptoir et se haussa sur un tabouret. Le docteur fut étonné de l'air désespéré de Gene et l'observa avec une attention décuplée. Il avait posé ses coudes sur le bureau et restait tourné vers le mur, les yeux fixés sur une forme invisible.

– Vous voyez, je suis revenu, dit Aurel.

Une lueur d'espoir s'alluma dans le regard de Gene. D'un ton brusque, il demanda :

– Vous ne trouviez plus le personnage? Vous ne saviez plus à quoi il pensait ni ce qu'il faisait?

– Si... Mais j'ai eu un doute après avoir fini le chapitre. Je me demandais si vous aviez tenté de vous suicider... J'ai réfléchi et j'ai conclu que c'était impossible car il vous restait l'espoir de vous retrouver. Et pourtant, ce doute ne m'abandonnait pas, alors je suis venu pour m'assurer de son inutilité...

Gene baissa la tête. L'assurance d'Aurel semblait si imperturbable que même l'envie de lui dérober son manuscrit avait disparu. Il devenait inutile et impuissant puisque Aurel avait écrit sans l'interroger sur sa vie...

– Ressentez-vous encore l'envie d'écrire?... Vous ne le pouvez plus... Vous en souffrez... Mais le désir est-il mort, tout à fait mort? J'ai hésité longtemps mais je crois que oui, est-ce vrai?

– Oui... répondit Gene.

– Il y a deux mois, vous auriez bondi sur celui qui aurait osé vous poser une telle question. Sans doute avez-vous accepté...

– Pourquoi ai-je tout perdu?

– Parce que vous avez menti. Écrire n'était pas un besoin mais un travail que vous vous imposiez.

Le docteur vit les mains de Gene se crisper sur le bord du bureau puis tout d'un coup la tension retomba et de nouveau Gene porta un regard fasciné vers son interlocuteur invisible.

– Demain, j'aurai fini mon livre. Demain, je mettrai le manuscrit dans une grande enveloppe jaune au nom de l'éditeur... murmura Aurel comme pour lui-même.

Gene ne réagit pas. Plus rien n'existait en lui ni autour de lui, que ce regard à travers lequel il voyait le sien et ces paroles qu'un jour, il avait prononcées.

– Demain, j'aurai fini mon livre. Je mettrai le manuscrit dans une grande enveloppe jaune au nom de l'éditeur.... répéta Gene.

Perplexe, le docteur alluma une cigarette sans détacher les yeux de Gene.

– Il ne me reste que le dernier chapitre... continua Aurel.

– Le dernier chapitre ne me posera aucune difficulté, enchaîna Gene en suivant la pensée d'Aurel comme si c'était la sienne.

– Aucune difficulté... Gene va...

– Gene va rentrer chez lui et réfléchir au moyen de détruire Aurel, de lui reprendre son moi véritable...

– Et puis il...

– Et puis il reviendra dans ce bar... Le livre sera posé sur le comptoir... Si Aurel refuse de le donner à Gene, Gene...

– Gene...? questionna Aurel avec inquiétude.

– Je ne dévoile jamais la fin avant de l'avoir écrite, s'écria brusquement Gene. Je suis très superstitieux!

– Dommage...

– Ces journalistes sont insupportables à la fin! Ils veulent tout savoir avant tout le monde! Je n'ai pas que cela à faire, moi j'ai un chapitre à écrire!

D'un geste impatient, Gene ramassa le paquet de cigarettes qui traînait sur le comptoir et se leva.

– Demain, je ne pourrai pas vous recevoir, dit le docteur.

– Quoi? Vous voulez savoir où j'habite? Mais pour qui vous prenez-vous? lança Gene d'un ton cinglant.

Puis il ajouta d'une voix changée, cette fois-ci pleine d'emphase :

– Mais j'habite dans le monde du mystère...

Et il disparut.

Dans le couloir, un malade s'occupait à tenir en laisse sa brosse à dents...

– Allez, viens! T'es content que je te promène, hein?

Un jeune stagiaire, très fier d'avoir compris son délire, demanda :

– Médor va bien aujourd'hui?

– Médor? Mais il est fou celui-là! Je parle à ma brosse à dents.

Puis se tournant vers Gene qui courait vers sa chambre :

– Je l'ai bien eu avec Médor, hein?!

Fébrilement, Gene cherchait sa clé dans sa poche. Il s'apprêtait à entrer lorsque le locataire du deuxième étage le tira en arrière et maugréa entre ses dents d'un air menaçant :

– Je ne peux plus supporter votre vacarme! Avec votre maudite machine à écrire, vous m'empêchez de dormir!

Gene se dégagea mais le locataire bloqua la porte avec son pied. « Bon, il va falloir l'endormir pour lui découdre les mains », dit le chirurgien à l'infirmier.

– Laissez-moi! hurla Gene. Laissez-moi! C'est le dernier chapitre, je vous promets! Après j'achèterai une Smith Corona électrique et vous n'entendrez plus rien, je vous promets... suppliait-il.

Le locataire l'agrippa aux épaules et lui plaqua la main sur la bouche. Une odeur d'éther lui brûla la gorge, il tenta de se débattre mais des mains fortes le maintenaient contre le mur. Il toussa plusieurs fois puis étourdi, se laissa tomber sur le sol.

La lumière bleutée de la nuit s'étendait devant son regard lorsqu'il se réveilla, affaibli et livide. Son corps s'était blessé contre les éclats de verre encore épars sur le sol. Il se leva et marcha en rond quelques instants pour se dégourdir les jambes et retrouver son équilibre.

Ses mains lui parurent plus présentables que la veille. Il les caressa d'un geste tendre, étonné et heureux de ne plus sentir le contact rugueux des fils raidis par le sang. Elles sont presque guéries, pensa-t-il avec un sourire de profonde satisfaction avant de fermer la porte derrière lui et de s'enfuir dans la nuit.

Il longea la rue Vavin jusqu'au café de la rue Bréa où il commanda un express et des croissants. L'image du manuscrit posé sur le comptoir voilait son regard d'une lueur de convoitise et seule la vision de sa future victoire occupait son esprit, une vision figée dont la réalité était pour lui devenue certitude. L'infirmier stagiaire regarda Gene s'asseoir dans le bureau de garde et s'emparer du Thermos de café qu'il s'était préparé. Il n'osa pas protester et continua à remplir ses fiches d'un air consciencieux. Gene sourit, alluma une cigarette. Près de lui, un étudiant rédigeait un devoir de philosophie en copiant la moitié des phrases sur un bouquin de Jankélévitch. Gene lut le sujet par-dessus son épaule : « Faut-il accepter la mort? » Machinalement, il suivit le poignet de l'étudiant pendant quelques instants mais le sens des mots lui échappait. Une sorte d'admiration monta en lui mais il la réprima aussitôt et se détourna avec une expression de mépris. Puis d'un geste fier, il tendit ses mains devant lui et les observa longuement.

– Elles sont belles, n'est-ce pas?

L'étudiant releva la tête et se tourna vers Gene.

– Oui, très belles. Peut-être un peu... un peu...

– Un peu quoi? Vous ne trouvez pas le mot? Sans un livre pour vous le souffler, jamais vous ne trouverez le mot!

– Peut-être un peu meurtries, ajouta l'étudiant.

Avec indifférence, Gene commença à manger un croissant, et avec application le stagiaire nota cette scène dans une fiche au nom de Gene Carl.

Rue de Valois, rue des Petits-Champs, rue du Docteur-Casanova... Il marchait vite, la tête obstinément baissée sur ses pieds et les mains enfoncées au fond de ses poches, recroquevillé sur lui-même comme pour paraître invisible, inexistant. À chaque pas, il sentait la caresse furtive de la pluie sur sa peau et ce contact le remplissait d'une sorte d'amertume, d'aigreur. La nuit ne lui offrait qu'une petite parcelle de tendresse, juste une parcelle et il n'éprouvait qu'un sentiment de manque, de frustration. Lorsqu'il arriva au bout de la rue, il se retourna, changea de trottoir et se remit à marcher.

Dix, vingt, peut-être trente fois il fit l'aller et retour, machinalement, comme poussé par un ordre implicite inscrit sur le bitume gris de cette rue. Il tentait de réfléchir mais n'arrivait pas à trouver « sur quoi » réfléchir. C'était un peu comme si on lui tendait un verre d'eau et l'éloignait de lui dès qu'il essayait de le saisir. À la fois furieux et désespéré, il finit par quitter la rue et se dirigea vers le bar.

Selon les recommandations du docteur, l'infirmière laissa Gene entrer dans le bureau. Le magnétophone était branché, la touche d'enregistrement enclenchée.

Aurel n'était pas encore là. Il s'assit à l'extrémité du comptoir, en retrait des autres clients, dans l'espoir qu'Aurel ne l'apercevrait pas tout de suite et que le doute déformerait un instant son visage grave et imperturbable. Il commanda un whisky et attendit.

Les gens parlaient et riaient avec une gaieté et un entrain qui lui parurent exagérés. Tous avaient un visage radieux, des gestes aisés, un regard provocant et sûr. Ils lançaient des plaisanteries, n'arrêtaient pas de sourire, de s'enlacer, de s'embrasser. Leur vie semblait se dérouler à un rythme régulier, calme, un rythme sans surprises ni agressions, c'était une vie précise, exacte, dont le but fixé d'avance ne se déroberait pas. Il se sentit brusquement loin, très loin de ce bar, très loin de ce monde qu'il avait traversé sans s'y arrêter, très loin de ce Gene accoudé au comptoir devant un verre de whisky qu'il n'osait plus boire de peur qu'un regard ne surprenne la laideur de ses mains. Il avait l'impression qu'un flash l'aveuglait et que ces gens, ces voix et ces rires qu'il avait crus réalité s'effaçaient vers un univers de fiction inventé par un vagabond en perpétuelle errance, trop avide de certitudes. Mais le flash se collait sur cette parcelle irréelle, l'univers fictif disparaissait et il ne restait rien, que la couleur criarde d'un éclair figé, d'une réalité vide.

Il ferma les yeux plusieurs fois de suite et lorsqu'il se risqua à les ouvrir, complètement, la certitude de l'illusion s'était définitivement gravée; plus rien autour de lui n'existait que le visage sombre et étrange d'Aurel, le vagabond.

Il tendit la main vers lui pour le saisir et l'emprisonner mais aussitôt le visage se troubla, s'effaça puis disparut. Stupéfait, il répéta son geste mais sa main n'effleura que la matière lisse et dure du comptoir. L'instant d'après son silence fut brisé par des éclats de voix et de rires, sa vue brouillée par des silhouettes courant et s'agitant entre les tables, les objets reprirent leur réalité et de nouveau Gene sentit le contact des vêtements sur sa peau, la douleur lancinante parcourant ses bras... Mais Aurel...

– Ce n'est pas la peine d'attendre, le docteur vous a prévenu qu'il ne pouvait pas vous recevoir aujourd'hui! lança l'infirmière en entrant dans le bureau.

Gene fixait le barman avec des yeux ahuris.

– Allez, sortez, je ferme le bar, continua l'homme d'un ton impatient.

Il fit le tour du comptoir et poussa Gene vers la sortie.

– Ne m'obligez pas à appeler le patron!

Hébété, Gene se dirigea vers la porte. Lorsqu'il fut sorti, l'infirmière prit le magnétophone et avec soulagement elle vit la bande se dérouler puis heurter les bords de l'appareil.

13

Il s'est allongé sur son lit, a posé sa main droite sur son front et la gauche sur sa poitrine. Il frappe l'os d'une de ses côtes avec son index et un bruit régulier résonne, un bruit de pellicule se déroulant au rythme des images qui passent sur l'écran blanc du mur dressé en face de lui. La chambre est plongée dans l'obscurité, un vent froid s'infiltre par les vitres brisées, un chat miaule, des phares de voiture balaient le plafond, un silence plein de rêves l'enlace d'une sensation grisante de plénitude. Il écrit. Il n'a jamais cessé d'écrire. Son errance a laissé derrière ses pas les pages de son livre et désormais, le personnage qui se profile sur l'écran les ramasse une à une avec une expression calme, imperturbable. Rien n'est perdu et ces phrases que Gene croyait enfuies se sont déroulées dans ses pensées ainsi qu'un fil tendu entre son vrai moi et le cauchemar qui l'avait troublé. Les feuilles augmentent, l'acteur arrive à la dernière rue, au dernier pas... Déjà, il se penche pour saisir la dernière page lorsque sa main, inexplicablement, se paralyse.

Gene se redresse. Flash. Aurel tend la main vers la dernière feuille.

Il ne l'atteindra jamais. Jamais il ne ramassera cette dernière feuille, pense Gene. Je vais apparaître sur l'écran, lui prendre le manuscrit et franchir la distance séparant un livre inachevé d'un livre fini. Il m'a trompé mais moi aussi je le tromperai. Il m'a tué mais moi aussi, je le tuerai.

Je sais comment son histoire se terminera. Lui est incapable de le savoir. Il croit avoir deviné et c'est pour cela qu'il n'est pas venu ce soir. Mais après avoir glissé la dernière feuille sur le rouleau de la machine, il s'apercevra que son intuition s'est égarée...

Gene se leva et alla préparer du café. Les infirmiers s'étaient habitués à le voir se servir de leur cafetière et le laissaient faire. Il revint dans sa chambre, posa soigneusement la tasse, le cendrier et les cigarettes sur la table puis glissa une feuille sur le rouleau de la machine. Il écrirait cette dernière page qu'Aurel ne parviendrait jamais à lui voler. Sans cette dernière page, Aurel n'était pas l'écrivain.

Il plia la main et tapa une ligne d'X avec son pouce. Puis, l'inspiration lui vint et son pouce sauta d'un bout à l'autre du clavier; « Demain, dès l'aube, à l'heure où blanchira la campagne, je partirai. Vois-tu, je sais que tu m'attends ». Il s'arrêta, poussa un soupir de satisfaction et, après avoir longuement admiré sa phrase, appuya sur la touche des majuscules pour écrire le mot FIN.

Son livre était fini. Il s'endormit.

Le bruit de la pluie frappant les vitres le tira de son sommeil. Transi de froid, il se recroquevilla sur lui-même mais son regard tomba sur le réveil qui indiquait cinq heures et, instinctivement, il se redressa d'un bond. Il vit la feuille sur le clavier, sourit... Un flash l'éblouit lorsqu'il se leva et puis après, il ne resta qu'un seul mot sur l'écran : FIN.

Il se traîna jusqu'à la cuisine pour faire du café. L'infirmière de nuit se préparait à partir et feignit d'ignorer sa présence; elle ne tenait pas à être retardée. Désormais, ses mains ne lui inspiraient plus aucun sentiment d'horreur et de dégoût. Ou juste un peu. Une pointe, comme ça, qui traversait quelque chose en lui mais ne s'y approchait pas. Une aiguille pour lui rappeler qu'un jour elles avaient été belles... Et puis après, l'indifférence, pour oublier...

Le bruit de la cafetière s'arrêta. Il sortit une tasse, la rinça rapidement sous l'eau froide puis s'assit devant la fenêtre et but son café à petites gorgées. « À le voir si calme on croirait presque que ce n'est pas un malade mais un simple visiteur », pensa l'infirmière. Il souriait; les chats étaient partis, ils avaient eu leur histoire, les feuilles avaient été ramassées, le livre était fini.

Lorsqu'il eut fini sa tasse, il revint dans la chambre, enleva la dernière page du rouleau de la machine, la plia soigneusement et la glissa dans la poche de son jean. Il pensa qu'il devrait s'acheter une ceinture, son pantalon tombait sur ses hanches, il avait maigri. Balayer le sol, nettoyer les taches de sang, faire réparer les vitres cassées. Changer le ruban de la machine qui était pâle. Préparer l'enveloppe jaune au nom de l'éditeur avec les timbres collés dans le coin droit. Payer le loyer à la concierge. Rédiger une lettre pour le directeur littéraire. Ce n'était certainement plus Prisca, Prisca qui n'avait même pas compris la profondeur de son talent. La pièce tourna... Ces vertiges... Une maladie peut-être. Un travail trop intense plus probablement. Ou le jeûne tout simplement. Quelle importance, du moment que le livre est fini, pensa-t-il.

Il ne lui restait qu'à récupérer le manuscrit. Avec l'à-valoir, il louerait un appartement, s'achèterait une autre machine, ferait installer le téléphone. Et puis il recommencerait. Une histoire, un livre, une vie ou une errance.

Son regard tomba sur le magnétophone brisé. La

bande était restée dans l'appareil. D'un geste machinal, il appuya sur la touche « ON ».

Un long silence suivit, on entendait parfois un klaxon de voiture. Une allumette qui craquait. Une respiration rauque et régulière qui se transforma en ronflement. Un silence. Un blanc. Le néant.

Deuxième acte. La bande tourne. Est-ce la chambre qui tourne? Un flash. La réalité disparaît. Aurel lui a toujours tout volé, même sa réalité. Silence. Les écrivains mettent toujours du silence dans leurs livres. Ils notent chaque silence avec soin parce que « le silence parle », disent-ils. Un livre de silence. Une pièce de silence. Une œuvre. Son œuvre. Un silence.

Il appuya sur la touche « OFF ». Un autre silence. Pas exactement le même silence. Un silence sans talent, pensa-t-il. Il enfila sa veste, posa la main sur sa hanche à l'endroit où la dernière page était glissée et sortit.

« Il devient gâteux celui-là! Il peut pas imaginer autre chose que des rues! Tiens, v'là qu'il s'arrête devant une vitrine? C'est quoi? Une pâtisserie? des vêtements de femme? Et maintenant, devine! Il entre au bureau de tabac! disait un malade en tournant autour de Gene. Oh! et puis merde! Il est vraiment pas intéressant! » ajouta-t-il en s'éloignant.

– Il est seulement huit heures! Le docteur n'est pas encore là, ce n'est pas la peine d'entrer! cria l'infirmière.

Mais Gene, toujours aussi indifférent aux avances des prostituées, poussa la porte du bar.

Il regardait attentivement le liquide doré qui oscillait entre les parois du verre. Trois plaques blanches à la surface, trois glaçons. Lorsque les glaçons s'immobilisaient, une partie de son visage se reflétait entre les stries irisées de l'alcool. Il déplaçait lentement la tête afin d'apercevoir ses yeux, ses lèvres, son front... Puis, visiblement satisfait, il se redressait, avalait une gorgée et jetait un coup d'œil vers la porte.

Il sentait le bout de papier plié contre sa hanche. Avec un sourire, il y porta la main mais réprima l'envie de sortir la feuille pour la relire encore une fois. Elle était trop précieuse... N'importe quel regard aurait pu s'emparer de ses mots. N'importe lequel et un en particulier. Mais Aurel n'était pas encore là.

Il alluma une cigarette. « S'il a deviné que j'ai écrit la dernière page il vient pour me la prendre, s'il a deviné que je vais lui voler son manuscrit, il vient aussi puisqu'il se croit plus fort que moi. » Distraitement, il observa ses mains. « Elles deviennent de jour en jour plus belles », pensa-t-il avec une pointe d'orgueil. Il plia ses doigts un à un en hochant légèrement la tête puis il abandonna ses efforts et aspira une bouffée.

« Voyons, dans quel quartier vais-je louer mon futur appartement? Quelle marque de machine vais-je acheter? Et mon nouveau roman, je n'en ai pas encore trouvé le sujet... Pour le téléphone, j'exigerai qu'il soit blanc... non, noir, tout noir! Et les vitres, je les ferai teinter en bleu, comme ça, je ne saurai jamais si c'est le jour ou la nuit. Je me procurerai des feuilles de papier noires, un ruban de machine blanc... L'obsession blanche changera de couleur... Quant au clavier, il ne parlera plus avec cet affreux bruit, je prendrai une électrique au ronronnement doux, discret mais juste assez fort pour stimuler mon travail... Bien entendu, pas de chats dans le jardin si toutefois il y a un jardin... Et il faut un marchand de café et un bureau de tabac au coin de la rue ou le propriétaire se verra dans l'obligation de me payer un garçon de courses! Mes exigences s'arrêtent là... Sans tenir compte bien sûr des voisins; pas de violoniste, de pianiste ou de trompettiste, pas de vieille femme qui ne supporte pas d'entendre les gens tourner en rond autour de sa tête, pas de drogue pour sonner à la porte toutes les deux minutes; " t'en as?" ni d'écrivain pour me voler mes idées... »

Il soupira, regarda la montre du barman. « Neuf heures dix. Qu'est-ce qu'il fait?! Il commence à m'énerver sérieusement, je n'ai pas que cela à faire moi! Il faut que je trouve mon appartement! » Il écrasa rageusement sa cigarette sur le sol, commanda un deuxième whisky. « Il me fait devenir alcoolique en plus! S'il me donne le manuscrit, je lui pardonne mais s'il... Mais non voyons! Il est obligé de me le donner! » Le docteur poussa la porte et entra. Le regard de Gene s'était fixé sur lui mais lorsqu'il se dirigea vers le bureau, Gene détourna les yeux dans l'autre direction comme si son personnage imaginaire, une fois la porte franchie, prenait une existence indépendante de celle du docteur. Gene remarqua aussitôt qu'Aurel ne portait aucun manuscrit. « L'a-t-il laissé dans sa voiture? Veut-il me le donner chez lui? »

– Bonjour, Gene.

Déjà, il s'était accoudé au comptoir et l'observait avec un sourire. Gene sentit son assurance vaciller, sa volonté s'éloigner, ses certitudes s'effacer...

– Pourquoi n'êtes-vous pas venu hier?

– Je voulais finir mon livre, répondit Aurel.

Muet et intrigué, le docteur voyait Gene chercher nerveusement quelque chose dans sa poche.

– Et vous l'avez fini?

– Oui, je l'ai fini... mais beaucoup de choses m'échappent... je ne suis pas sûr d'avoir cerné votre personnage avec cohérence, surtout vers la fin...

– Que voulez-vous dire? Parlez plus précisément, demanda Gene, curieux.

– Par exemple, après la scène avec votre machine.. J'étais comme devant un mur... Je ne sentais plus votre angoisse, je vous sentais sombrer dans la folie. Je n'ai pas pu vous décrire autrement qu'avec une page blanche au dixième chapitre, je ne vous voyais vraiment plus. J'étais tellement obsédé par vous que dans les scènes où vous n'interveniez pas, mon style devenait télégraphique, je sentais que ces scènes-là n'étaient pas importantes mais elles assuraient une certaine cohésion au livre. Bien qu'elles aient été nécessaires, j'ai eu hâte de les écrire car après tout c'est vous qui m'intéressiez...

Gene, qui semblait ne rien entendre, répéta :

– Mais est-ce que vous l'avez fini, vraiment fini, jusqu'à la dernière page?

– Oui, je l'ai fini mais je n'ai pas la sensation de m'en être débarrassé.

– Ce n'est pas vrai! éclata Gene. Vous n'avez pas pu écrire la dernière page! C'est moi qui l'ai écrite!

Et il brandissait la feuille chiffonnée comme une menace.

Aurel sirotait son whisky d'un air indifférent. La colère de Gene décupla.

– Vous voulez me faire croire que vous avez fini parce que vous pensiez que je vais vous donner la dernière page! Mais vous vous trompez, vous ne l'aurez pas!

– Je n'en ai pas besoin, je sais ce qu'elle contient.

Gene s'immobilisa. Sa main retomba lourdement sur le comptoir et d'une voix anxieuse, il demanda :

– Et que contient-elle?

– Deux vers de Victor Hugo; demain dès l'aube à l'heure où blanchira...

– Victor Hugo?! Que vient faire Victor Hugo là-dedans!? De quoi se mêle-t-il, Victor Hugo?!

– Sans Victor Hugo, jamais vous n'auriez trouvé ces...

– Vous mentez! hurla Gene et d'un geste brusque,

il s'empara d'un verre et le lança sur les mains d'Aurel. Vos mains! Elles sont blessées! Meurtries! dit-il en ricanant. Vous ne pourrez plus écrire!

Inquiet, le docteur se demandait s'il ne devait pas l'interrompre... Mais brusquement, Gene se calma.

Son regard était tombé sur ses mains. Elles ne portaient plus aucune trace de blessure ni aucune cicatrice... N'osant y croire, Gene les caressa longuement, retrouvant le contact doux, presque soyeux de la peau et les formes élancées de ses doigts... Aurel, courbé sur le comptoir, tendait ses mains ensanglantées devant lui, ces mains désormais inutiles, mortes, pensa Gene.

– Le manuscrit, donnez-moi le manuscrit...

– Non... c'est la seule chose que je ne vous donnerai jamais, murmura Aurel.

Gene sortit un objet invisible de sa poche et d'un geste tendre le posa sur sa cuisse. Puis il répéta :

– Le manuscrit...

– Non...

Alors il leva le bras, pointa le revolver sur Aurel et, avec un sourire presque amoureux, appuya sur la détente.

– Vous m'excuserez, docteur, mais je dois écrire mon livre maintenant.

Et il sortit du bureau.

Perplexe, le docteur resta un moment immobile, les yeux fixés sur la porte que Gene venait de fermer. Il débrancha le magnétophone, rangea quelques dossiers qui traînaient, alluma une cigarette lorsqu'une infirmière se précipita dans le bureau.

– Docteur! Gene se met à taper à la machine!

– Parfait. Ne vous occupez pas de lui, il n'a plus besoin de personne, dit-il avec un sourire.

Prisca attendait en vain le coup de téléphone d'Aurel. Il se décida enfin à l'appeler. Aurel s'excusa de son silence, « je suis très occupé en ce moment, tu comprends... » et accepta l'invitation à dîner pour le soir même. Prisca était toujours aussi nerveux et inquiet bien qu'Aurel lui ait dit que tout semblait s'arranger, qu'il y avait un espoir de guérison. « Un espoir ou une certitude? » avait-il demandé. « Je ne peux rien promettre, il faut attendre... »

À neuf heures, Aurel sonna à la porte, un vague sourire aux lèvres.

– Je suis désolé d'être en retard...

– Oh, je sais... Un malade a piqué une crise, l'infirmière n'était pas là, j'ai dû m'en occuper, je connais le refrain, dit Prisca d'un ton agacé.

Il suivit Prisca dans la pièce, l'observa se servir un verre d'un regard étrange, légèrement troublé.

– Tu veux un whisky?

– Oui, volontiers.

Un moment de silence s'abattit entre eux pendant lequel Aurel joua machinalement avec un briquet posé sur la table. Il sembla hésiter puis, d'un ton un peu sec, finit par dire :

– Bon, entrons tout de suite dans le vif du sujet, ça nous évitera quelques remarques désagréables.

– Merci de ta sollicitude, répondit Prisca, vexé.

– C'est tout naturel, reprit Aurel d'une voix désormais très amicale.

Il alluma une cigarette puis commença :

– Gene a retrouvé, par le biais de son personnage imaginaire, un moyen de se découvrir à nouveau, de restructurer sa personnalité, si tu veux. Il avait besoin d'un reflet de lui-même pour se trouver, se retrouver plus exactement, et ce reflet, il l'a inventé, consciemment ou non, je n'en sais rien, l'a fait vivre, parler, écrire, tout ce que lui ne parvenait plus à faire. Mais ce personnage avait comme support ma présence puisque le jour où je ne suis pas venu, Gene a attendu Aurel, sans dire un mot. J'étais donc nécessaire à son transfert, ce dont je doutais...

– Tu veux dire que par cette scène à trois personnages, Gene acteur, Aurel acteur et toi, le médecin spectateur, Gene veut montrer qu'il est capable de créer?

– Non... Il ne voulait pas montrer qu'il en était capable mais trouver le moyen d'en être capable. Il n'a pas pu sortir son angoisse par le biais d'une psychanalyse normale, il l'a fait en tant qu'écrivain. Ce reflet de lui-même, qui semblait avoir une existence propre, lui donnait la possibilité de s'affirmer en se montrant à quelqu'un d'autre, tu vois?

– Mais tu parles au passé, Gene a donc abandonné...?

– Il a tué son personnage... En fait, il a tué la personne qui l'empêchait d'écrire, le Gene angoissé et incapable... À partir de ce moment-là, il s'était retrouvé et n'avait plus besoin d'un intermédiaire pour exister en tant qu'écrivain... Ce jour-là, il est d'ailleurs sorti du bureau après m'avoir appelé docteur... et s'est aussitôt mis devant sa machine à écrire... Depuis, il tape toute la journée...

– Mais dans ces dialogues, commença Prisca d'un ton incertain, il n'était jamais question de... de son passé?

Un sourire amusé se dessina sur les lèvres d'Aurel.

– Non. Vois-tu, sa relation avec toi avait pour but de le rendre capable d'écrire. Il croyait que le désir de te séduire se manifesterait par une créativité plus intense... En fin de compte, sa créativité pour jaillir avait besoin d'un conflit. Et ce conflit, il n'a pas pu le trouver avec toi... C'est pour cela que cet épisode de son passé ne l'a pas marqué.

– Et son manuscrit...?

– Je ne peux rien en dire... Sa valeur a en réalité peu d'importance, je veux dire que pour le moment, seul le fait d'écrire est essentiel pour Gene... Après, bien sûr, ce sera différent et il aura besoin d'un avis, d'un jugement... Mais je compte sur toi, n'est-ce pas? demanda Aurel avec une nuance d'ironie.

– Bien sûr.

– Je ne peux pas t'affirmer que ce sera publiable mais en parler serait très réconfortant pour Gene...

– Bien sûr, répéta Prisca.

Aurel se tut. Après quelques minutes, Prisca dit comme pour briser de silence :

– J'ai réservé une table au restaurant pour neuf heures et demie... C'est un endroit calme, on pourra continuer à parler...

Aurel acquiesça d'un signe de tête.

– Tu sais, un dîner très simple aurait...

– Mais je n'ai aucun don pour la cuisine! dit Prisca sur un ton de plaisanterie en se levant pour prendre sa veste.

14

Trois semaines plus tard, Gene appuyait sur la touche des majuscules pour inscrire le mot FIN. Il tira la dernière feuille du rouleau et après avoir refermé la chemise sur le manuscrit dessina au feutre noir les lettres du titre : OBSESSION BLANCHE.

Il alluma une cigarette. Pour la première fois, il vit cette chambre telle qu'elle était; une chambre de clinique, petite et impersonnelle avec une table de nuit en inox, des murs laqués blancs, des fenêtres aux vitres opaques... Et pour toute odeur, le parfum âcre d'une folie délaissée.

Les talons des infirmières claquaient sur le carrelage du couloir. Dans la cour, quelques malades marchaient, les yeux rivés au sol et les épaules voûtées sous un poids invisible. Faisait-il vraiment partie de cet univers? Un cri jaillit. Qui était-il désormais, libéré de l'obsession blanche? Les grincements d'un chariot lui parvinrent, transperçant ses pensées d'une flèche d'incertitude. Quel livre pourrait-il écrire maintenant? Pourquoi l'angoisse qui s'était enfuie au fil des phrases revenait-elle vers lui, chargée d'une intensité sans cesse plus profonde? Sa vie était là, étalée le long de ces trois cents pages dactylographiées, un manuscrit que peut-être personne ne lirait... Comme toujours sa voix s'échapperait sans que personne prenne le temps de l'écouter, comme toujours, il resterait seul face au vide de son avenir et de sa feuille, comme toujours, dans le silence de son abandon, sa main effleurerait le corps d'un livre, un livre dont l'errance ne finirait qu'avec la mort.

Il releva la tête. Il n'avait plus rien à dire. La cendre de sa cigarette tomba sur la manche de son pull et, d'un geste las, il l'essuya du revers de la main. Les mots ne lui appartenaient plus. Même ce livre n'était plus le sien, il prenait une existence propre, indépendante de lui, hors de toute portée et de tout espace. Ce qu'il avait décrit, raconté, vécu devenait une simple chose, une chose sans âme, sans espoir et sans joie. La braise de sa cigarette atteignit le filtre. Il se sentait dépossédé de lui-même comme si en écrivant, il avait figé sa vie sur l'infini d'un néant qui désormais l'étranglait entre ses feuilles d'absence. Ses feuilles d'attente.

Que lui restait-il?

Il écrasa son mégot dans le cendrier. La porte s'ouvrit sur une infirmière au visage souriant, et l'éclat de sa blouse blanche resserra encore un peu plus le carcan de son angoisse.

– Je n'entendais plus le bruit de la machine, je me demandais ce qui se passait, dit-elle d'un ton bêtifiant.

– C'est fini, répondit Gene avec une sorte d'amertume.

– Mais c'est merveilleux! Vous devez être content!

– Je suis très content, ça ne se voit pas?

Sa voix était ironique, moqueuse. L'infirmière feignit de ne pas l'avoir remarqué et continua :

Il ne reste qu'à le publier maintenant! Vous avez trouvé un titre? Je n'arrive pas à y croire! Et dire que vous l'avez écrit en trois semaines! Le docteur lui-même n'en revenait pas! Quand il venait vous voir, vous ne sembliez même pas vous apercevoir de sa présence tant votre travail vous passionnait!

– J'aimerais ne pas l'avoir fini. Ça m'éviterait d'entendre votre voix stridente, dit Gene d'un ton cinglant.

– Je n'y comprends rien! Vous devriez sauter de joie et vous avez une tête d'enterrement! Qu'est-ce qui ne va pas... ajouta-t-elle en s'approchant de Gene.

– Laissez-moi.

– Dites-moi ce qui ne va pas, je peux peut-être vous aider... je ne demande pas mieux...

– Laissez-moi, je vous dis! J'ai besoin de réfléchir!

Et d'un mouvement brutal, il s'écarta d'elle.

– Oh, si vous le prenez comme ça! Très bien, je m'en vais!

La porte claqua. Le silence revint. Il baissa les yeux, posa sa main sur la chemise, sur le livre et sur sa vie. Il ne comprenait pas d'où venait son soudain désarroi. Un goût amer de désillusion se répandait dans sa gorge, des mains de glace agrippaient ses épaules comme pour les courber sous le poids de la folie. Un sentiment de révolte s'éleva en lui et, brusquement, il comprit que, l'espace d'un instant, il avait eu envie de déchirer une à une les feuilles du manuscrit, envie de détruire son œuvre et d'aller rejoindre les malades qui marchaient dans la cour.

Oui, l'espace d'un instant, il avait eu envie de se trahir.

« Deux ans d'angoisse, de souffrance et de désespoir... Rien ne les effacera car rien n'a le pouvoir de rayer le temps d'un coup de crayon... Ces deux ans, ces trois cents pages... Tu aurais pu les déchirer en morceaux, ta douleur ne t'aurait pas quitté, ta douleur serait restée la même ou plus forte encore car chargée du souvenir de ton acte, du souvenir de ta trahison... »

D'un geste machinal, il porta une cigarette à ses lèvres. Le mur, blanc et muet. La chambre, froide et cruelle. Sa main, belle et immobile.

Et sur le clavier, le sourire d'une folie qu'il avait failli aimer.

Il était huit heures du soir et Gene traînait dans le couloir de la clinique, en proie au blanc agressif des murs et des blouses de son nouvel univers. Pourrait-il encore écrire? Les idées se pressaient dans sa tête mais son impatience à les retenir était telle qu'aucune ne se précisait, et que toutes s'échappaient. Nerveusement, il tournait un briquet entre ses doigts, incapable de reprendre son calme.

– C'est quelle rue aujourd'hui? lui lança un malade.

– La rue des fous!

– Dis... C'est vrai que t'écris des bouquins?

– C'était encore vrai il y a trois heures... Maintenant, je ne sais plus...

– Dis... si je te raconte ma vie, tu voudrais bien l'écrire dans un livre!?

Une lueur d'intérêt passa dans les yeux de Gene. Il arrêta de tourner son briquet entre ses doigts, s'approcha du malade et lui demanda à voix basse :

– Elle est intéressante, ta vie?

Très fier, son interlocuteur se rengorgea :

Ça oui alors! Pour sûr qu'elle est intéressante! Un vrai sujet de roman! Et si t'étais un vrai savant, tu pourrais en faire au moins quatre ou cinq thèses!

Et il faisait un geste du bras pour indiquer la hauteur qu'atteindrait son autobiographie rassemblée dans des écrits.

– Tu veux bien me la raconter? Ça te fait rien que j'enferme ta vie dans un bouquin? demanda Gene, méfiant.

– Ce serait drôlement chouette!

Le malade sembla hésiter puis prenant Gene par le bras lui souffla :

– Seulement tu... tu me le dédieras... C'est tout ce que je veux... que t'écrives sur la première page : à Georges, le dingue qui m'a inspiré ce récit... D'accord?

– Bien sûr!

Visiblement satisfait de la spontanéité de sa réponse, le malade sourit au rêve qui déjà se profilait devant ses yeux... Après un long moment de silence, il sursauta et s'écria :

– Eh bien, qu'est-ce que t'attends pour me poser des questions?

Fébrilement, Gene chercha une feuille de papier dans sa poche mais n'en trouvant pas, il lança à Georges en s'éloignant vers sa chambre :

– Deux minutes, je vais prendre de quoi écrire...

Il revint en courant, un bloc et un stylo à la main. Georges, pendant ce temps, avait emprunté une table et deux chaises au réfectoire et les disposait au milieu du couloir. Gene remarqua :

– Ç'aurait été plus simple d'aller dans ma chambre.

– Y'a qu'une chaise, observa l'autre d'un ton grave.

Georges s'assit avec cérémonie tandis que Gene allumait une cigarette avec impatience.

– Tu m'en files une?

– Prends tout ce que tu veux.

Avec une sorte de gourmandise, il porta la cigarette à ses lèvres puis fit jaillir la flamme du briquet et aspira la première bouffée d'un air rassasié.

– Bon, je commence par quoi? finit-il par demander.

– Ce que tu veux. Ton enfance, peut-être... à moins que tu l'aies oubliée ou qu'elle te paraisse insignifiante...

– Non, je vais pas retomber en enfance!

– Commence à vingt, vingt-cinq, trente ans, je ne sais pas moi...

– Mais j'ai dix-huit ans!

Surpris, Gene observa le visage ridé de l'homme, puis conciliant :

– Alors, commence à quinze ans...

– Mais quinze ans, c'est presque l'enfance, mon vieux! File-moi ton paquet de clopes et j'y vais.

Gene hocha la tête, de plus en plus nerveux.

– Figure-toi, mon vieux, que ma mère s'appelait Greta Garbo... Avec une mère comme elle, qu'est-ce que tu voulais que je devienne, hein, je t'le demande!

Gene soupira, ramassa son bloc et son stylo puis lança :

– O.K., O.K., ça, me suffit... Te fatigue pas...

Il revint dans sa chambre, s'assit devant sa machine à écrire, effleura de la main les touches du clavier. Il n'avait plus rien. L'image des caractères se gravant sur la feuille l'obsédait mais il ne pouvait pas l'attendre... Son esprit restait muet, ses doigts erraient sans idées d'une lettre à l'autre et son silence le défiait... Il posa la tête sur son coude et s'endormit.

Il se réveilla à trois heures du matin. « Je dois écrire, je dois écrire... » se répétait-il... Il glissa une feuille sous le rouleau de la machine, attendit quelques instants, ne trouva rien... Il alluma une cigarette, fit trois fois le tour de la chambre... alla parler avec l'infirmière de garde... revint s'asseoir devant la feuille, les mains posées sur le clavier mais l'esprit toujours vide...

Le docteur trouva Gene dans cette position lorsque le lendemain il entra dans sa chambre. Gene tourna la tête vers lui. Son visage était dur, inexpressif.

– Bonjour, Gene. Vous avez fini votre livre?

– Oui. Mais je n'arrive pas à commencer l'autre...

– Vous êtes trop pressé...

– Pressé? Vous ne comprenez rien! Je ne suis pas pressé mais je ne peux pas supporter de ne pas écrire!

Surpris du ton hargneux de sa voix, le docteur garda le silence un moment puis demanda :

– Vous aimeriez le faire publier?

– Publier? répéta Gene qui ne croyait plus en rien. Mais ça m'est égal! Mon livre est fini, il n'est plus à moi, ajouta-t-il avec amertume.

– Prisca l'attend pourtant avec impatience...

– Prisca?

– Oui, votre directeur littéraire...

– Il attend mon bouquin? C'est vrai? Vous ne mentez pas?

– Venez dans mon bureau, je vais lui téléphoner.

Aussitôt, Gene se précipita vers la porte, ne retenant plus sa joie. Il comprit, en sentant son malaise s'échapper, que son sentiment d'abandon et de désillusion était venu du fait qu'il ne croyait pas à la publication de son livre. En même temps, son angoisse l'avait abandonné, l'image de la feuille blanche avait disparu et il ne restait en lui que l'espoir...

Le docteur le rejoignit dans son bureau et avec un sourire décrocha le téléphone. Paralysé de bonheur, Gene observait le moindre de ses gestes comme pour s'assurer de la réalité de cette scène.

– Oui, Prisca Furre, s'il vous plaît.

Un mouvement nerveux de joie lui échappa en entendant ce nom.

– Allô, Prisca? C'est Aurel. Gene a fini son livre... Tu peux le recevoir?

Gene s'agitait autour du docteur, n'arrivant plus à maîtriser les tremblements de ses mains.

– Demain, dix heures? d'accord. Excuse-moi de t'avoir dérangé mais Gene avait besoin de ta réponse. Au revoir.

Le déclic résonna entre eux un long moment.

– C'est vrai...? demanda Gene à voix basse.

– Oui... demain, à dix heures, Prisca vous recevra dans son bureau...

Gene semblait perdu dans ses pensées lorsque brusquement, il s'écria :

– J'ai trouvé! J'ai trouvé le sujet de mon prochain livre! Excusez-moi docteur, je dois l'écrire! Et il se précipita dans le couloir sous l'œil amusé d'Aurel.

Le lendemain, il avait écrit les deux premiers chapitres de son futur roman.

Lorsque l'infirmière entra dans sa chambre pour le prévenir qu'il était neuf heures, son impatience et sa nervosité revinrent vers lui. D'un geste fébrile, il attrapa son manuscrit, enfila sa veste et, pétillant de joie, se mit à courir à travers l'espace blanc...

– Ne l'accompagnez pas, avait dit le docteur. Il ne le supporterait pas.

Plus rien autour de lui n'existait. Il ne voyait rien, n'entendait rien, ne pensait qu'à courir, vite, très vite, toujours plus vite pour rejoindre l'espoir qui se profilait au bout de son horizon. Il tenait son manuscrit contre sa poitrine, le protégeant amoureusement entre ses deux bras, le caressant du bout des doigts lorsqu'une voix en lui murmurait que tout cela n'était qu'un rêve... Les rues, les boutiques, les passants, ce monde n'était plus le sien, il possédait autre chose, vivait ailleurs, loin, très loin de cet univers imposé... Il arriva boulevard Saint-Germain et ses pas résonnaient dans sa tête au rythme des phrases, défilant sur la feuille blanche, obsession blanche, obsession vide, un livre, son livre, le prochain l'attendait déjà, il renversa une vieille femme, courut vers la rue Dauphine, les yeux illuminés de mots en forme d'étoiles... Les lettres Lum se dessinaient déjà devant son regard, la voiture freina... mais il était déjà trop tard.

Et les feuilles du manuscrit volèrent autour de lui, recouvrant son corps du linceul de son amour.

Dans Le Livre de Poche

Extraits du catalogue

Valérie Valère

Le Pavillon des enfants fous n° 5673

A treize ans, Valérie Valère a été internée au pavillon des enfants fous d'un grand hôpital parisien. A quinze ans, elle écrit le récit de ce séjour. Son livre n'est pas seulement une vision du monde hospitalier, des traitements pour les malades mentaux, le cri pathétique d'une adolescente de treize ans qui, un jour, a refusé toute nourriture : elle prend conscience des raisons profondes qui l'ont amenée au comportement suicidaire qu'est l'anorexie. Son récit est avant tout l'histoire d'une douloureuse aventure en soi-même et d'une guérison.

« Le témoignage implacable d'une enfant sur le monde des adultes. J'y ai passé deux nuits blanches. Car l'écriture entraîne irrésistiblement. Et puis on veut savoir si elle s'en sort, ou plutôt dans quel état. »

Christiane Rochefort, *Le Monde*.

Malika ou un jour comme tous les autres n° 5843

Malika a dix ans et son frère Wielfried en a quinze. Aucun parent ne s'occupe d'eux. La mère est morte et le père apparaît de temps en temps pour donner de l'argent. Pourtant, ils sont heureux dans cet appartement du boulevard Malesherbes qu'ils ont meublé, car ils s'aiment. Mais ils ont l'un pour l'autre un amour trop parfait, que les adultes saccageront.

Malika et Wielfried se racontent tour à tour. Leur langage, d'une limpidité enfantine, dit leur clairvoyance, leur autonomie et leur force. *Malika ou un jour comme tous les autres* est un hymne à la liberté, à l'amour, mais aussi à la franchise et à la différence. La sensibilité de Malika, sa lucidité, la droiture de Wielfried, leur étonnante communion et leur appétit de vivre, font de cette histoire d'amour l'une des plus belles de notre temps.

Le Livre de Poche Biblio

Extrait du catalogue

Sherwood ANDERSON
Pauvre Blanc

Guillaume APOLLINAIRE
L'Hérésiarque et Cie

Miguel Angel ASTURIAS
Le Pape vert

James BALDWIN
Harlem Quartet

Djuna BARNES
La Passion

Adolfo BIOY CASARES
Journal de la guerre au cochon

Karen BLIXEN
Sept contes gothiques

Mikhail BOULGAKOV
La Garde blanche
Le Maître et Marguerite
J'ai tué
Les Œufs fatidiques

Ivan BOUNINE
Les Allées sombres

André BRETON
Anthologie de l'humour noir
Arcane 17

Erskine CALDWELL
Les Braves Gens du Tennessee

Italo CALVINO
Le Vicomte pourfendu

Elias CANETTI
Histoire d'une jeunesse (1905-1921) - *La langue sauvée*
Histoire d'une vie (1921-1931) - *Le flambeau dans l'oreille*
Histoire d'une vie (1931-1937) - *Jeux de regard*
Les Voix de Marrakech
Le Témoin auriculaire

Raymond CARVER
Les Vitamines du bonheur
Parlez-moi d'amour
Tais-toi, je t'en prie

Camillo José CELA
Le Joli Crime du carabinier

Blaise CENDRARS
Rhum

Varlam CHALAMOV
La Nuit
Quai de l'enfer

Jacques CHARDONNE
Les Destinées sentimentales
L'Amour c'est beaucoup plus que l'amour

Jerome CHARYN
Frog

Bruce CHATWIN
Le Chant des pistes

Hugo CLAUS
Honte

Joseph CONRAD
et Ford MADOX FORD
L'Aventure

René CREVEL
La Mort difficile
Mon corps et moi

Alfred DÖBLIN
Le Tigre bleu
L'Empoisonnement

Iouri DOMBROVSKI
La Faculté de l'inutile

Friedrich DÜRRENMATT
La Panne
La Visite de la vieille dame
La Mission

Paula FOX
Pauvre Georges !

Jean GIONO
Mort d'un personnage
Le Serpent d'étoiles
Triomphe de la vie
Les Vraies Richesses

Lars GUSTAFSSON
La Mort d'un apiculteur

Knut HAMSUN
La Faim
Esclaves de l'amour
Mystères
Victoria

Hermann HESSE
Rosshalde
L'Enfance d'un magicien
Le Dernier Été de Klingsor
Peter Camenzind
Le poète chinois

Bohumil HRABAL
Moi qui ai servi le roi d'Angleterre

Yasushi INOUÉ
Le Fusil de chasse
Le Faussaire

Henry JAMES
Roderick Hudson
La Coupe d'or
Le Tour d'écrou

Ernst JÜNGER
Orages d'acier
Jardins et routes
(Journal I, 1939-1940)
Premier journal parisien
(Journal II, 1941-1943)
Second journal parisien
(Journal III, 1943-1945)
La Cabane dans la vigne
(Journal IV, 1945-1948)
Héliopolis
Abeilles de verre

Ismaïl KADARÉ
Avril brisé
Qui a ramené Doruntine ?
Le Général de l'armée morte
Invitation à un concert officiel
La Niche de la honte
L'Année noire

Franz KAFKA
Journal

Yasunari KAWABATA
Les Belles Endormies
Pays de neige
La Danseuse d'Izu
Le Lac
Kyôto
Le Grondement de la montagne
Le Maître ou le tournoi de go
Chronique d'Asakusa

Abé KÔBÔ
La Femme des sables

Andrzeij KUSNIEWICZ
L'État d'apesanteur

Pär LAGERKVIST
Barabbas

LAO SHE
Le Pousse-pousse
Un fils tombé du ciel

D.H. LAWRENCE
Le Serpent à plumes

Primo LEVI
Lilith
Le Fabricant de miroirs

Sinclair LEWIS
Babbitt

LUXUN
Histoire d'AQ : Véridique biographie

Carson McCULLERS
Le cœur est un chasseur solitaire
Reflets dans un œil d'or
La Ballade du café triste
L'Horloge sans aiguilles
Frankie Addams
Le Cœur hypothéqué

Naguib MAHFOUZ
Impasse des deux palais
Le Palais du désir
Le Jardin du passé

Thomas MANN
Le Docteur Faustus

Katherine MANSFIELD
La Journée de Mr. Reginald Peacock

Henry MILLER
Un diable au paradis
Le Colosse de Maroussi
Max et les phagocytes

Paul MORAND
La Route des Indes
Bains de mer

Vladimir NABOKOV
Ada ou l'ardeur

Anaïs NIN
Journal 1 - *1931-1934*
Journal 2 - *1934-1939*
Journal 3 - *1939-1944*
Journal 4 - *1944-1947*

Joyce Carol OATES
Le Pays des merveilles

Edna O'BRIEN
Un cœur fanatique
Une rose dans le cœur

PA KIN
Famille

Mervyn PEAKE
Titus d'Enfer

Robert PENN WARREN
Les Fous du roi

Leo PERUTZ
La Neige de saint Pierre
La Troisième Balle
La Nuit sous le pont de pierre
Turlupin
Le Maître du jugement dernier
Où roules-tu, petite pomme ?

Luigi PIRANDELLO
La Dernière Séquence
Feu Mathias Pascal

Ezra POUND
Les Cantos

Augusto ROA BASTOS
Moi, le Suprême

Joseph ROTH
Le Poids de la grâce
Raymond ROUSSEL
Impressions d'Afrique
Salman RUSHDIE
Les Enfants de minuit
Arthur SCHNITZLER
Vienne au crépuscule
Une jeunesse viennoise
Le Lieutenant Gustel
Thérèse
Les Dernières Cartes
Leonardo SCIASCIA
Œil de chèvre
La Sorcière et le Capitaine
Monsieur le Député
Petites Chroniques
Isaac Bashevis SINGER
Shosha
Le Domaine
André SINIAVSKI
Bonne nuit !
Alexandre VIALATTE
La Dame du Job
La Maison du joueur de flûte
Franz WERFEL
Le Passé ressuscité
Thornton WILDER
Le Pont du roi Saint-Louis
Mr. North
Virginia WOOLF
Orlando
Les Vagues
Mrs. Dalloway
La Promenade au phare
La Chambre de Jacob
Années
Entre les actes
Flush
Instants de vie

IMPRIMÉ EN FRANCE PAR BRODARD ET TAUPIN
Usine de La Flèche (Sarthe).
LIBRAIRIE GÉNÉRALE FRANÇAISE - 6, rue Pierre-Sarrazin - 75006 Paris.
ISBN : 2 - 253 - 06104 - 2

⊕ 30/4373/4